El mandarín

JOSÉ MARIA EÇA DE QUEIROZ

El mandarín

EL ARTE DE LA ESCRITURA

Edita: Editorial Doble J, S.L.
C/ Montevideo 14
41013 Sevilla, España
www.culturamoderna.com
editorialdoblej@editorialdoblej.com
ISBN: 978-84-96875-09-8

Índice

Prólogo

Amigo 1.º (Bebiendo coñac y soda, bajo los árboles de una terraza, a orillas del agua.)

Camarada; durante estos calores que embotan la imaginación, descansemos del áspero estudio de las Realidades humanas.... Partamos hacia los campos del Ensueño, a vagar por esas azuladas colinas donde se levanta la torre abandonada de lo Sobrenatural y frescos musgos cubren amorosamente las ruinas del Idealismo.... Fantaseemos....

Amigo 2.º Más sobriamente, camarada, más sobriamente... y como en las sabias y amables Alegorías del Renacimiento, mezclando siempre una moralidad discreta....

(Comedia inédita)

I

Me llamo Teodoro, y fuí amanuense en el Ministerio de la Gobernación.

En aquel tiempo vivía yo en la travesía de la Concepción, número 106, en la casa de huéspedes de doña Augusta, la espléndida doña Augusta, viuda del comandante Marques. Tenía dos compañeros: Cabritilla, empleado en la administración del barrio central, tieso, y amarillo como una vela de entierro y el petulante teniente Conceiro, hábil tocador de viola francesa.

Mi existencia se deslizaba equilibrada y tranquila. Toda la semana sentado ante el pupitre de mi negociado, trazaba en una hermosa letra cursiva, sobre el papel de oficio del Estado, estas frases hechas: «Ilmo. y Excmo. Sr.: Tengo la honra de comunicar a V.E.... Tengo el honor de poner en conocimiento de V.I. etc., etc.»

Los domingos descansaba. Instalado entonces en el canapé del comedor, la pipa entre los dientes, admiraba a doña Augusta, que, los días de fiesta, solía limpiar con clara de huevo la caspa al teniente Conceiro. Esta hora, sobre todo en verano, era deliciosa. Por las ventanas entreabiertas penetraba el vaho cálido y soñoliento de la solanera, algún lejano repique de las campanas de la Concepción Nueva, y el arrullo de las tórtolas que se enamoran en las barandas. El monótono susurro de las moscas se balanceaba sobre el viejo tul, antiguo velo nupcial de la señora de Marques, que cubría ahora, en el aparador, los platos de cerezas. Poco a poco, el teniente, envuelto en un paño de afeitar, como un ídolo en su manto, adormecíase, bajo la fricción suave de las cariñosas manos de doña Augusta.... Yo, entonces, enternecido, decía a la amable señora:

–¡Ay, doña Augusta, es usted un ángel!

Ella, siempre me llamaba «el encanijado». Yo sonreía sin escandalizarme. «El encanijado» era efectivamente el nombre que me daban en casa, por ser delgado, entrar en todas partes con el pie derecho, asustarme de los ratones, tener en la cabecera de mi cama una estampa de Nuestra Señora de los Dolores, que perteneció a mi madre, y andar un tanto corcovado. Sí, era desgraciadamente corcovado, por lo mucho que doblé el espinazo, retrocediendo asustado delante de los señores profesores, o inclinando la frente ante jefes y directores generales. Esta actitud de respeto es conveniente al covachuelista, mantiene la disciplina en un Estado bien organizado, y me garantizaba el descanso de los domingos y días festivos, el uso de alguna ropa blanca y veinticinco duros al mes.

No puedo negar, a pesar de todo, que yo no tuviese ambiciones, como lo reconocían sagazmente la viuda de Marques y el pedante de Conceiro. No agitaba mi pecho el apetito heróico de dirigir, desde lo alto de un trono, vastos rebaños humanos; pero sí me abrasaba el deseo de poder comer en el Hotel Central, con champagne, apretar la mano de mimosas vizcondesas, y, por lo menos, dos veces a la semana, dormir, en un éxtasis mudo, sobre el fresco seno de Venus. ¡Oh, elegantes que os dirigíais vivamente a San Carlos abrigados en costosos paletots, luciendo la blanca corbata de «soirée!» ¡Oh, carruajes llenos de mujeres vestidas a la andaluza, rodando gallardamente hacia los toros, cuántas veces me hicísteis suspirar! Porque la certidumbre de mis veinticinco duros mensuales y mi gesto encogido de encanijado, me excluían para siempre de aquellas alegrías sociales, y venía entonces a herir mi pecho, como flecha que se clava en un tronco y queda mucho tiempo vibrando.

Aun así, yo nunca llegué a considerarme un paria. La vida humilde tiene sus dulzuras: es grato, en una mañana de sol alegre, con la servilleta al cuello, delante de un bistek con patatas, desdoblar el «Diario de las Noticias;» durante las tardes de verano, en los bancos gratuitos del paseo, se gozan suavidades de idilio; y es sabroso, de noche, en Martiño, mientras se toma a sorbos el café, oir a los charlatanes injuriar a la patria.

Además, nunca fuí excesivamente desgraciado, porque no tengo imaginación; no me consumía rodando en torno de paraísos ficticios, nacidos de mi propia alma deseosa, como las nubes de la evaporación de un lago; no suspiraba mirando las lúcidas estrellas, por un amor espiritual a lo Romero o por una gloria humana a lo Camoens.

Soy muy positivista. Sólo aspiraba a lo racional, a lo tangible, a lo que era alcanzado por otros en mi barrio, a lo que es accesible a un bachiller. Y me iba resignando como quien ante una «table d' hôtel» mastica la corteza de pan seco en espera del rico plato de la «Charlotte russe». Las felicidades habían de llegar; y, para apresarlas, yo hacía todo lo que me era posible como portugués y como constitucional; se las pedía todas las noches a Nuestra Señora de los Dolores y compraba décimos de la lotería.

Entretanto procuraba distraerme. Y como las circunvoluciones de mi cerebro no me habilitaban para componer odas a la manera de tantos otros que, a mi lado, se desquitaban así del tedio que la profesión les producía; como mi escaso sueldo, apenas suficiente para pagar la casa y el tabaco, no me permitía ningún vicio, había tomado el hábito discreto de comprar en la feria de Sadra libros antiguos desencuadernados, y por la noche, en mi cuarto, me entretenía con esas curiosas lecturas. Eran, siempre, obras de títulos sugestivos: «Galera de la inocencia», «Espejo milagroso», «Tristeza de los desheredados....» ¡El tipo venerable, el papel amarillento, la grave encuadernación frailuna, la cintita verde marcando la página, todo esto me encantaba! Después, aquellos relatos ingenuos en letra gorda inundaban de paz todo mi sér, produciéndome una sensación comparable a la calma penetrante de una vieja cerca de un monasterio, en la quebradura de un valle, a la hora del crepúsculo, oyendo correr el agua muy triste....

Una noche, hace años, empecé a leer en uno de esos vetustos infolios un capítulo titulado «Brecha de las almas;» e iba cayendo en una soñolencia grata, cuando este período singular se destacó del tono neutro y apagado de la página, como el relieve de una medalla de oro nuevo brillando sobre un tapete obscuro: copio textualmente:

«En el fondo de la China existe un Mandarín más rico que todos los reyes de que nos habla la Fábula o la Historia. De él nada conoces, ni el nombre, ni el semblante, ni la seda de que se viste. Para que tú heredes sus bienes inenarrables, basta con que toques esa campanilla, puesta a tu lado, sobre un libro. El exhalará entonces un suspiro, en los lejanos confines de la Mongolia. Será un cadáver: y tú verás a tus pies más oro del que puede soñar la ambición de un avaro. Tú, que me lees y eres hombre mortal, ¿tocarás la campanilla?»

Permanecí asombrado ante la página abierta: aquella interrogación «hombre mortal, ¿tocarás tú la campanilla?» aunque me parecía burlona y picaresca, me turbaba prodigiosamente. Quise leer más; pero las líneas huían ondulando como sierpes asustadas, y en el vacío que dejaban, de una lividez de pergamino, volvía a brillar la interpelación extraña: «¿Tocarás tú la campanilla?»

Si el volumen hubiese sido de una moderna edición Michel Levy, de cubierta amarilla, yo, que no me hallaba perdido en la floresta de una balada alemana, y podía ver desde mi cuarto blanquear a la luz del gas el correaje de la patrulla, hubiera cerrado el libro, disipando así la nerviosa alucinación. Mas aquel sombrío infolio parecía exhalar magia; cada letra afectaba la inquietante configuración de esos signos de la vieja Kábala que encierran un atributo fatídico; las comas tenían el retorcido petulante de rabos de diablillos, entrevistos a la luz blanca de la luna; en el punto de interrogación final veía el pavoroso gancho con que el Tentador caza las almas que adormecieron, sin refugiarse en la inviolable ciudadela de la Oración.

Una influencia sobrenatural se apoderó de mí, arrebatándome fuera de la realidad y del raciocinio; y en mi espíritu se fueron formando dos visiones: de un lado un Mandarín decrépito, muriendo sin dolor, lejos, en un kiosco chino, al «tilín-tín» de mi campanilla; ¡y de otro toda una montaña de oro brillando a mis pies! Esto era tan claro que hasta veía los ojos oblícuos del viejo empañarse, como cubiertos de una ténue capa de polvo; y sentía el sonido metálico del dinero rodando a mis plantas. Inmóvil, horrorizado, clavaba ardientemente los ojos en la campanilla, puesta delante de mí, sobre un diccionario francés, la campanilla prevista, citada en el magnífico infolio.

Fué entonces cuando, del otro lado de la mesa, una voz insinuante y cristalina me dijo misteriosamente:

–Vamos, Teodoro, amigo mío, sé fuerte, extiende la mano y toca la campanilla.

La pantalla verde de la vela esparcía una penumbra en derredor. Me levanté temblando. Y vi, pacíficamente sentado a mi lado, un individuo corpulento, todo vestido de luto, con sombrero de copa, las manos enguantadas de negro, apoyadas en el puño de un paraguas. No tenía nada de fantástico. Parecía tan corriente como si viviese del mísero sueldo de un empleo... su originalidad estaba en su rostro, sin barba, de líneas fuertes y duras, la nariz brusca, presentaba la expresión rapaz y amenazadora de un pico de águila: el corte firme y acentuado de sus labios daba a su boca una expresión maligna; los ojos, al fijarse, semejaban los encendidos fulgores de un disparo, salido súbitamente de entre las zarzas tenebrosas del entrecejo fruncido; era lívido, mas, por su piel, corrían a veces radiaciones sanguíneas, como en un viejo mármol fenicio.

De pronto me asaltó la idea de que mi visitante fuese el demonio en persona; pero luego mi raciocinio se sublevó resueltamente contra esta suposición. Yo nunca creí en el diablo, como nunca tuve fe en Dios. Jamás lo dije en voz alta ni lo escribí en los periódicos para no descontentar a los Poderes públicos encargados de mantener el respeto hacia tales entidades: mas yo nunca creí que existiesen estos dos personajes, viejos como la substancia, rivales bonachones, que se pasan la vida haciéndose mútuas y amables perrerías, uno de barbas nevadas y túnica azul, vestido como el antiguo Zoroastro y habitando las alturas luminosas, en medio de una corte más complicada que la de Luis XIV; y el otro malhumorado y mañoso, ornado de cuernos, viviendo entre las llamas, imitación ridícula y burguesa del pintoresco Plutón. ¡No, no creo! Cielo e infierno son concepciones sociales para uso de la plebe, y yo pertenezco a la clase media. Rezo, es verdad, a Nuestra Señora de los Dolores, porque, así como pedí una recomendación para licenciarme; así como, para obtener mis veinticinco duros, imploré la benevolencia del diputado; igualmente, para sustraerme de la tisis, de las anginas, de la navaja del chulo, de la cáscara de naranja escurridiza donde puede uno resbalar y romperse una pierna y de otros accidentes, necesito tener una protección sobrehumana. El hombre prudente debe ir haciendo una serie de sabias adulaciones desde la Universidad hasta el paraíso. Con un compadre en el barrio, y una comadre mística en las alturas, el porvenir del licenciado está seguro.

Por eso, libre de torpes supersticiones, dije familiarmente al individuo vestido de negro:

–¿Realmente me aconsejas que toque la campanilla?

El desconocido se levantó un poco el sombrero, descubriendo la frente estrecha y respondió, palabra por palabra:

-He aquí tu caso, estimable Teodoro: ¡Veinticinco duros mensuales es una vergüenza social! Hay en este mundo cosas prodigiosas; vinos de Borgoña, como por ejemplo el «Romanée-Conti» del 58 y «Chambertín» del 61, que cuesta cada botella de diez a once duros, y el que bebe la primera copa, no vacila en asesinar a su padre por beber la segunda.... Fabrícanse en París y en Londres carruajes de tan suaves muelles, tan suaves forros y airosas ruedas, que es preferible recorrer en ellos el Campo Grande a viajar, como los antiguos dioses, por el cielo, sobre los fofos cojines de las nubes. No haré a tu cultura la ofensa de informarte que se amueblan hoy las casas con un estilo y un «confort» tan admirables que superan a ese regalo ficticio, llamado en otro tiempo Bienaventuranzas. No te hablaré, Teodoro, de otros goces terrenales, como, por ejemplo: el Teatro Real, el baile, el café Inglés.... Sólo llamaré tu atención sobre este hecho.... Existen seres que se llaman mujeres. Estos seres, Teodoro, en mi tiempo, en la tercera página de la Biblia, apenas usaban exteriormente una «hoja de parra». Hoy son toda una sinfonía, todo un engañoso y delicado poema de encajes, batistas, sedas, flores, joyas, cachemires, gasas y terciopelos. Comprende la satisfacción inenarrable que sentirán los cinco dedos de un cristiano recorriendo y palpando esas maravillas; más también has de percibir que con una pieza de cinco céntimos no se pagan las cuentas de esos serafines.... Ellas poseen cosas mejores: cabellos color de oro o color de tinieblas, resumiendo así en sus trenzas la apariencia emblemática de las dos grandes tentaciones humanas: el hambre del metal precioso y el conocimiento del absoluto trascendente. Y aún tienen más: brazos marmóreos, frescos como rosas salpicadas de rocío;

senos sobre los cuales el gran Praxíteles modeló su copa, que es la línea más pura y más ideal de la antigüedad.... Los senos, en otra era, en la idea de ese ingenuo anciano que los formó, que fabricó el mundo, y de quien una enemistad secular me veda pronunciar el nombre, eran destinados a la nutrición augusta de la humanidad; hoy, ninguna madre racional los expone a esa función deterioradora y severa, sirven sólo para resplandecer entre encajes a la luz de las «soirées» y para otros usos secretos. Las conveniencias me impiden proseguir en esta exposición radiante de bellezas que constituye el Fatal Femenino.... Del resto, ya hablaremos más tarde. Todas estas cosas, Teodoro, están más allá de tus veinticinco duros mensuales.... Confiesa, al menos, que estas palabras tienen el venerable sello de la verdad.

Yo murmuré con las fauces abrasadas:

–¡Cierto!

Y su voz prosiguió paciente y suave:

–¿Qué me dices de veinte o veinticinco millones de pesetas? Bien sé que es una bagatela... más, en fin, constituye un comienzo; son una ligera habilitación para conquistar la felicidad. Ahora reflexiona sobre esto: El Mandarín, ese Mandarín del fondo de la China, es un viejo decrépito y gotoso. Como hombre, como funcionario del Celeste imperio, es más inútil a Pekín y a la humanidad que un pedrisco en la boca de un perro hambriento. Mas la transformación de la substancia existe: te la garantizo yo, que sé el secreto de las cosas. Porque la tierra es así: recoge aquí un hombre podrido y lo restituye allá, en el conjunto de sus formas, como vegetal vigoroso. Bien puede ser que él, inútil como Mandarín en el Imperio del Sol, vaya a ser útil en otra tierra como odorante rosa o sabroso repollo. Matar, hijo mío, es

JOSÉ MARIA EÇA DE QUEIROZ

casi equilibrar las necesidades universales. Eliminar en una parte el exceso para suplir en otra la falta. Penétrate bien en estas sólidas filosofías. Una pobre costurera de Londres ansía ver florecer en su ventana un tiesto lleno de tierra negra; una flor daría consuelo a aquella desheredada; mas en la disposición de los seres, por desgracia, en ese momento, la substancia que allá debía ser rosa es aquí un hombre de Estado.... Viene entonces el chulo de navaja y hiere al estadista; la puñalada le descarga los intestinos; lo entierran: la materia comienza a desorganizarse, mézclase a la vasta evolución de los átomos, y el superfluo hombre de gobierno va a alegrar, bajo la forma de una flor a una rubia costurera. El asesino es un filántropo. Déjame resumir, Teodoro; la muerte de ese viejo Mandarín idiota ¡trae a tu bolsillo algunos millones de pesetas! Puedes desde ese momento dar un puntapié a los Poderes públicos: ¡medita en lo intenso de este gusto! Y desde luego serás citado en los periódicos, ¡a qué mayor gloria puede aspirar un ser humano! Y todo eso con sólo agarrar la campanilla y hacer «tilín-tín». Yo no soy un bárbaro: comprendo la repugnancia de un caballero en asesinar a un semejante suyo; la sangre ensucia vergonzosamente los puños de la camisa y siempre es repulsiva la agonía de un cuerpo humano. Mas en este caso, ninguno de esos torpes espectáculos.... Es como quien llama a un criado.... Y son veinte o veinticinco millones de pesetas, no recuerdo bien, pero los tengo anotados en mis apuntes. No dudes de mí, Teodoro. Soy un caballero; lo probé cuando, haciendo la guerra a un tirano en la primera insurrección de la justicia, me ví precipitado desde las alturas. Tu imaginación no lo puede concebir... ¡Una caída espantosa, mi querido amigo! Grandes disgustos.

Lo que me consuela es que el «Otro» está también muy alicaído, porque, amigo mío, cuando un Jehová tiene contra sí a un Lucifer, quítase este estorbo enviando contra el rebelde una legión de Arcángeles; mas cuando el enemigo es el hombre armado de una pluma de pato y un cuaderno de papel blanco, está perdido.... En fin, son veinte millones de pesetas. Vamos, Teodoro, ahí tienes la campanilla, ¡sé un hombre!

Calló el enlutado caballero.

Yo bien sé lo que se debe a sí mismo un cristiano. Si este personaje me hubiese llevado a la cumbre de una montaña en Palestina, en una noche de luna llena, y desde allí, mostrándome ciudades, razas e imperios adormecidos, me hubiera dicho sombríamente: «Mata al Mandarín, y todo lo que ves en valles y colinas será tuyo», yo le habría replicado, siguiendo un ejemplo ilustre, con la mano levantada hacia las inmensidades consteladas. «¡Mi reino no es de este mundo!»

Conozco bien mis autores. Mas eran veinte millones de pesetas, ofrecidos a la luz de una vela de esperma, en la travesía de la Concepción, por un sujeto de sombrero de copa, apoyado en un paraguas.

Entonces no dudé. Y con mano firme repiqué la campanilla. Fué tal vez una ilusión; mas parecióme que una campana de boca tan ancha como el cielo repicaba en la obscuridad, a través del Universo, con un són temeroso que ciertamente iría a despertar soles que dormían y planetas panzudos.

El extraño individuo llevó un dedo al párpado y limpiando una lágrima que nublaba su ojo rutilante, exclamó:

–¡Pobre Ti-Chin-Fú!

—¿Murió?

—Estaba en su jardín, sosegadamente, armando, para lanzarlo al aire, un papagayo de papel, pasatiempo honesto de un Mandarín jubilado, cuando le sorprendió ese «tilíntín» de la campanilla. Ahora yace a orillas de un arroyo susurrante, vestido de seda amarilla, muerto sobre la hierba verde, con la panza al aire, y en sus manos frías tiene su papagayo de papel, que parece tan muerto como él. Mañana son los funerales. ¡Que la sabiduría de Confucio, inspirándole, ayude a emigrar su alma!

Y el buen sujeto, levantándose, se quitó respetuosamente el sombrero, y salió, con el paraguas debajo del brazo.

Entonces, al sentir cerrar la puerta, me pareció despertar de una pesadilla. Salté al corredor. Una voz jovial hablaba con la señora de Marques; y la cancela de la escalera cerróse sutilmente.

—¿Quién acaba de salir ahora, doña Augusta? —pregunté sudoroso.

—Cabritilla que va a la oficina....

Volví a mi cuarto: todo reposaba tranquilo, idéntico, real. El infolio estaba aún abierto por la página temerosa. Volví a leerla, y ahora me pareció la prosa anticuada de un moralista cansado; cada palabra se había vuelto como un carbón apagado.

Me acosté y soñé que estaba lejos, más allá de Pekín, en las fronteras de Tartaria, en el kiosco de un convento de Lamas, oyendo máximas prudentes y suaves que brotaban, como un aroma fino de té, de los labios de un Buda vivo.

II

Transcurrió un mes.

Yo, en tanto, continué, rutinario y triste poniendo diariamente mi hermosa letra cursiva al servicio del Estado, y admirando, los domingos, la pericia con que la espléndida doña Augusta limpiaba la caspa al teniente Conceiro. Era cosa evidente para mí que aquella noche, dormido, leyendo sobre el infolio, había soñado con una «Tentación de la Montaña» bajo formas familiares. Instintivamente, sin embargo, me fui preocupando de la China. Leía los telegramas de los periódicos buscando siempre los que se referían a cosas del Celeste Imperio; mas nada pasaba entonces en la región de las razas amarillas.... La «Agencia Havas» sólo telegrafiaba sobre la Herzegovina, la Bosnia, la Bulgaria y otras curiosidades bárbaras.

Poco a poco fuí olvidando mi episodio fantasmagórico y al mismo tiempo, como gradualmente mi espíritu se serenaba, volvían a él las antiguas ambiciones que lo habitaron: un nombramiento de Director General, el seno amoroso de Lola, bisteks más tiernos que los de doña Augusta. Mas tales regalos me parecían tan inaccesibles, tan fuera de la realidad, como los propios millones del Mandarín. Y por el monótono desierto de la vida, allá fué marchando la lenta caravana de mis melancolías.

Un domingo de Agosto, de mañana, dormitaba en la cama, en mangas de camisa, con el cigarro apagado entre los labios, cuando la puerta se abrió suavemente y entreabriendo los párpados adormilados, ví inclinarse a mi lado una calva respetuosa. Y luego una voz perturbada murmuró:

–¿El señor Teodoro? ¿El señor Teodoro, del Ministerio de la Gobernación?

Me levanté lentamente sobre mi cama, y, respondí bostezando:

–¡Soy yo, caballero!

El individuo inclinó el espinazo, como a presencia del Rey Bobo se arquean los cortesanos. Era pequeño y gordo: venerables lentes de oro relucían en su faz bonachona, que parecía la personificación del Orden.

Todo tembloroso, balbuceó azorado:

–¡Traigo noticias para su señoría! Noticias de considerable importancia. Mi nombre es Silvestre.... Silvestre Juliano y C.ª... Un criado servicial de vuestra excelencia.... Llegaron en el correo de Southampton.... Nosotros somos Corresponsales de Traigand, y C.ª de Hong-Kong.

El hombre calvo sofocóse; y agitando nerviosamente en su gruesa mano un sobre repleto, con un sello de lacre, negro, prosiguió:

–Vuestra excelencia debe de estar prevenido. Nosotros no lo estábamos.... El azoramiento es natural.... Lo que esperamos es que nos conserve su confianza. Vuestra excelencia es en esta tierra una flor de virtud, espejo de bondad. Aquí están los primeros cheques sobre Bhering and Brothers de Londres.... Letras a treinta días sobre Rothschild.

A este nombre, resonante como el mismo oro, salté velozmente del lecho.

–¿Qué es eso, señor? –grité.

Y él, gritando mas, blandiendo el sobre, alzado sobre la punta de las botas, exclamó:

–¡Son ciento veinte millones de pesetas sobre Londres, París, Hamburgo y Amsterdán, en letras a su favor! ¡A su favor, excelentísimo señor! ¡Por casas de Hong-Kong, de Shang-Hai y de Cantón, de la herencia del Mandarín Ti-Chin-Fú!

Sentí temblar el mundo bajo mis pies y cerré un momento los ojos. Mas de pronto, comprendí que yo era desde aquel momento como una encarnación de lo sobrenatural, recibiendo de ella mi fuerza y sus atributos. No podía considerarme como un hombre, rebajándome con explicaciones humanas. Para no interrumpir la línea hierática de mi indiferencia, me abstuve de ir a sollozar de alegría, como me lo pedía el alma, sobre el vasto seno de la viuda de Marques.

De ahora en adelante ostentaría la impasibilidad de un Dios o de un Demonio; me calcé con naturalidad y dije a Silvestre Juliano y C.ª estas palabras:

–Está bien. ¡El Mandarín! Ese Mandarín se portó conmigo como un caballero. Ya sé de lo que se trata. Es una cuestión de familia. Deje ahí los papeles. Buenos días, Silvestre, Juliano y C.ª.

Y se retiró, retrocediendo, con el cuerpo inclinado respetuosamente.

Entonces abrí de par en par la ventana y, asomando la cabeza, respiré el aire cálido, como un corzo cansado.

Después miré hacia abajo, hacia la calle, donde la burguesía, saliendo de misa pululaba entre dos filas de carruajes. Mis ojos se fijaban, inconscientes, ora en las joyas de las mujeres, ora en los brillantes metales de los arreos. Y de repente la idea de mi grandeza me llenó de satisfacción. ¡Todos aquellos carruajes podrían ser míos! Ninguna de las mujeres que veía dejaría de ofrecerme su seno desnudo, a la menor indicación de un caprichoso deseo. Todos aquellos hombres de levita y guantes negros se postrarían delante de mí como ante un Cristo, un Mahoma o un Buda, si yo arrojase sobre ellos un puñado de cheques de mis ciento veinte millones de pesetas sobre los principales Bancos de Europa.

Me apoyé en la baranda y reí viendo la agitación efímera de aquella humanidad subalterna que se consideraba libre y fuerte, mientras allá arriba, en la habitación de un cuarto piso, yo tenía en la mano, en un sobre lacrado, el principio de su flaqueza y de su esclavitud.

Entonces, satisfacciones del Lujo, regalos del Amor, orgullos del Poder, todo, todo lo gocé con la imaginación, en un instante y en un solo sorbo. Mas luego una gran saciedad me fué invadiendo el alma, y sintiendo el mundo a mis pies, bostecé como un león harto.

¿De qué me servían por fin tantos millones, sino para traerme, día por día, la desoladora afirmación de la vileza humana?

¡Y así, al choque de tanto oro iba desapareciendo ante mis ojos, como humo, la belleza moral del Universo! Se apoderó de mí una inmensa tristeza mística. Caí sobre una silla y, con el rostro entre las manos, lloré copiosamente.

Al poco tiempo la viuda de Marques abrió la puerta, toda vestida de seda negra.

–¡Le estarán esperando para comer!

Salí de mi amargura para responderle secamente:

–Yo no como.

–¡Más quedará!

En aquel momento estallaban cohetes a lo lejos. Me acordé de que era domingo, día de toros; de repente una visión brilló, relampagueando, atrayéndome deliciosamente: era la corrida vista desde un palco, después de una comida con champagne, ¡y a la noche una orgía como una divina y suprema iniciación! Corrí a la mesa. Llené mi cartera de letras sobre Londres. Descendí a la calle con el furor de un buitre que hiende el aire en busca de su presa. Pasaba un carruaje vacío. Le detuve gritando:

–¡A los toros!

–¡Son diez reales, mi amo!

Introduje la mano en la cartera cargada de millones y saqué las monedas que tenía: 75 céntimos....

El cochero fustigó el anca de la yegua y siguió refunfuñando. Yo balbuceé:

–Tengo letras... ¡Aquí están! Tengo letras sobre Londres, sobre Hamburgo....

–No sirven....

¡Setenta y cinco céntimos!... Y corrida, cena de lord, andaluzas desnudas, todo este sueño expiró como una pompa de jabón dentro de mi alma.

Odié a la humanidad. Otro carruaje atestado de gente alegre por poco me atropella.

Cabizbajo, cargado de millones sobre Rothschild, volví a mi cuarto piso. Pedí perdón a doña Augusta, aceptando humildemente la comida que se dignó servirme; y pasé esta primera noche de riqueza, bostezando sobre el lecho solitario, mientras fuera, el alegre Conceiro, el mezquino teniente con veinte duros de sueldo mensuales, reía con la viola un alegre «fado».

A la mañana siguiente, mientras me afeitaban, reflexioné sobre el origen de mi riqueza. Era evidentemente sobrenatural y sospechoso.

Mas como mi racionalismo me impedía atribuir estos tesoros imprevistos a la generosidad de Dios o del Diablo, ficciones puramente escolásticas; como los fragmentos del positivismo que constituían el fondo de mi filosofía no me permitían la indignación de «las causas primarias, de los orígenes esenciales», pronto me decidí a aceptar el fenómeno y a utilizarlo con largueza. Por lo tanto, corrí atropelladamente al «Londón Brasilian Bank».

Allí arrojé por el enrejado un cheque sobre el «Banco de Inglaterra» de mil libras, gritando esta deliciosa palabra:

–¡En oro!

Un cajero me respondió con dulzura:

–Tal vez le fuese más cómodo en billetes....

Respondí sécamente:

–¡En oro!

Llené mis bolsillos; y en la calle tomé un coche. Me sentí extremadamente gordo; tenía en la boca sabor de oro y una sequedad de polvo de oro en la piel de las manos; las paredes de las casas parecían brillar como largas láminas de oro y dentro de mi cerebro rodaba un mar de ondas de oro.

Abandonado a la oscilación de los muelles, rebotando como un ordre mal seguro, dejaba caer sobre la calle la mirada torva de mis ojos llenos de amargura. En fin, tirando el sombrero sobre la nuca, estirando la pierna, empinando el vientre, bostecé formidablemente.

Mucho tiempo rodé así por la ciudad, bestializado en un goce de Nabab.

Súbitamente, un brusco apetito de gastar, de disipar oro, vino a llenar mi pecho como una ventolina que hincha una vela.

–¡Para, animal! –grité al cochero.

El coche se paró. Miré a mi alrededor, con los párpados entornados, buscando un objeto caro que comprar: joya de reina o conciencia de estadista; nada ví, y precipitadamente entré entonces en un estanco.

–¡Cigarros! ¡de peseta! ¡de diez reales!

–¿Cuántos? –preguntó servilmente el estanquero.

–¡Todos! –respondí brutalmente.

A la puerta, una pobre enlutada, con el hijo encogido en el seno, me extendió su mano transparente.

No hallando una sola pieza de cobre entre mis bolsillos cargados de oro, la rechazé con impaciencia, y con el sombrero echado sobre los ojos, me metí entre la turba.

Fué entonces cuando ví, adelantándose, la poderosa figura del Director General; inmediatamente me hallé con el dorso curvado y el sombrero cumplimentador en la mano. Era el hábito de dependencia; mis millones no me habían dado aún la verticalidad de la espina dorsal.

En casa desparramé el oro sobre el lecho y me revolqué en él mucho tiempo, gruñendo sordamente.

La torre de al lado dió las tres; y el sol descendía llevándose consigo mi primer día de opulencia. Entonces, acorazado de libras, ¡corrí a divertirme!

21

¡Ah, qué día! Comí en un gabinete del Hotel Central, solitario y egoísta, con la mesa atestada de botellas de Burdeos, Borgoña, Champagne, Rhin, licores de todas las comunidades religiosas... ¡como si quisiera saciar de una vez la sed de treinta años! Después, tambaleándome, entré en un lupanar. ¡Qué noche! La alborada clareó detrás de las persianas y me encontré reclinado en un diván, exhausto y semidesnudo, sintiendo el cuerpo y el alma desvanecerse, disolverse en aquel ambiente tibio donde erraba un olor suave de polvos de arroz, de hembras y de *punch*.

Cuando volví a la travesía de la Concepción, las ventanas de mi cuarto estaban cerradas, y la vela expiraba con resplandores lívidos, en su palmatoria de latón. Entonces, al llegar junto a la cama, ví una cosa horrible; estirado, a través de la colcha, yacía la figura del Mandarín muerto, vestido de seda amarilla, con la coleta suelta, y entre las manos, como muerto también, tenía un papagayo de papel.

Abrí desesperadamente la ventana. Todo desapareció y sólo hallé sobre mi lecho un viejo paletó.

III

Entonces comenzó mi vida de millonario. Dejé apresuradamente la casa de la viuda de Marques, que desde que supo que era rico, me trataba de diferente manera sirviéndome ella misma, con su traje de seda de los domingos, arroz con leche, y otros platos por el estilo. Compré un palacio en Loreto; las magnificencias de mi vivienda son bien conocidas por los indiscretos fotograbados que publicó «La Ilustración Francesa». Se hizo famoso en toda Europa mi lecho, de un gusto exhuberante y bárbaro, cubierto de placas de oro labrado y cortinajes de un raro brocado negro donde ondean, bordados en perlas, versos eróticos de Cátulo; una lámpara suspendida en el interior derrama su claridad láctea y amorosa de una nube de verano.

Mis primeros meses de riqueza los pasé amando, amando con el sincero apasionamiento de un inexperto. La había visto, como en una página de novela, regando sus claveles en el balcón; se llamaba Cándida, era pequeñita y rubia, habitaba una casita cubierta de enredaderas y me recordaba por la gracia y por lo airoso de su cintura todo lo que el arte ha creado más fino y frágil: Mimí, Virginia, Julieta.... Todas las noches, en éxtasis místico caía a sus pies color de jaspe; y por la mañana, al despedirme, dejaba en su regazo algunos billetes de cien pesetas. Al principio, ella los rechazaba con rubor, pero después los guardaba en su gaveta, llamándome cariñosamente su ángel tutelar.

Un día en que yo, andando sigilosamente sobre la espesa alfombra siria, entré en su tocador, ella estaba escribiendo, muy pensativa, con un dedo en el aire. Al verme, pálida y trémula, escondió el papel que ostentaba en tinta roja su monograma. Yo, en un arranque insensato de celos, se lo arrebaté. Era la carta, la carta que, desde la más remota antigüedad, la mujer siempre escribe; comenzaba por el indispensable: «idolatrado mío», y era por un alférez de policía.

Arranqué aquel amor de mi pecho como una planta venenosa y desconfié para siempre de los ángeles rubios que conservan en su mirar azul el reflejo de los cielos que atravesaron.

Desde lo alto de mi oro, arrojé sobre la inocencia, el pudor, y otras idealizaciones funestas, la diabólica carcajada de Mefistófeles y organicé fríamente una existencia animal, grandiosa y cínica.

Al medio día entraba en mi pila de mármol rosa, donde los perfumes derramados daban al agua un tono opaco de leche; después, pajes rubios, de manos suaves, me daban fricciones con el ceremonial de quien celebra un culto; y envuelto en un «robe-de-chambre» de seda índica, atravesaba la galería mirando a mis «Fortunys» y a mis «Corots» entre dos filas silenciosas de lacayos, dirigiéndome al comedor donde, servidos en platos de Sévres, azul y oro, humea-

ban los más suculentos manjares. El resto de la mañana lo
pasaba en un «boudoir» en que el mobiliario era de porcelana fina de Dresde, y la profusión de flores hacían de él un
verdadero jardín de Armida; allí, reclinado sobre cojines
de seda color perla, saboreaba el «Diario de las Noticias»,
mientras lindas mujeres, vestidas a la japonesa, refrescaban
el aire, agitando abanicos de plumas.

Por la tarde, iba a dar una vuelta a pie hasta el puente de
las Almas: era la hora más pesada del día. La turba abyecta
se paraba a contemplar los bostezos del Nabab fastidiado.
A veces sentía la nostalgia de mis tiempos de empleado.
Entraba en casa y, encerrado en la biblioteca, donde el pensamiento de la humanidad reposaba olvidado y encuader-
nado en marroquí, cogía una pluma de pato y permanecía
horas enteras escribiendo sobre papel de oficio del Estado
estas frases hechas de otro tiempo:

«Ilmo. y Excmo. Sr.: Tengo la honra de participar a V.E...
–Tengo el honor de poner en conocimiento de V.I.»

Al comenzar la noche, un criado, para anunciar la comida, hacía resonar por los corredores, en su bocina de plata,
a la moda gótica, una harmonía solemne. Yo, entonces,
me levantaba y entraba en el comedor majestuoso y solitario. Una multitud de lacayos, con libreas de seda negra,
servía, en un silencio de sombras que resbalan, las vituallas
más raras y los vinos más costosos que joyas. Toda la mesa
resplandecía de flores, luces, cristales y reflejos de oro; y,
enroscándose entre las pirámides de frutos, mezclado en el
humo de los platos, erraba en el aire un tedio inenarrable.

Después, reclinado en el fondo del cupé, iba a las «ventanas verdes» donde alimentaba, en un jardín digno de un serrallo, entre refinamientos musulmanes, un vivero de hem-

bras, y envuelto en una túnica de seda fresca y perfumada, me entregaba a los delirios más abominables.... Me traían medio muerto a casa, al primer albor de la mañana, hacía maquinalmente la señal de la cruz, y, a poco, roncaba sonoramente, lívido y sudoroso, como un Tiberio exhausto.

Entre tanto, Lisboa se arrodillaba a mis pies. El patio del palacio estaba constantemente invadido por la turba; desde las ventanas de la galería contemplaba a veces, en mis horas de fastidio, blanquear las pecheras de la aristocracia, negrear las sotanas del clero y relucir el sudor de la plebe. Todos venían a suplicar con frase abyecta una pequeña participación en mi riqueza. A veces consentía en recibir a algún viejo aristócrata: penetraba en la sala tartamudeando adulaciones, rozando casi la alfombra con sus cabellos blancos; e inmediatamente, cruzando sobre el pecho las manos de fuertes venas donde corría sangre de tres siglos, me ofrecía su hija por esposa o para concubina.

Todos mis conciudadanos me brindaban presentes como un ídolo sobre el altar: unos, odas votivas, otros, mi monograma bordado en pelo; algunos, chinelas o boquillas, y todos, su conciencia. Si mi mirada amortiguada se fijaba casualmente en la calle en alguna mujer, al día siguiente recibía una carta en que ella, esposa o prostituta, me regalaba su desnudez, su amor, y todas las complacencias de la lascivia.

Los periódicos espoleaban su imaginación para hallar adjetivos dignos de mi grandeza; fuí el «sublime señor Teodoro»; llegué a ser el «celeste señor Teodoro»; y la «Gaceta», por no ser menos, llamóme el «extraceleste señor Teodoro». Delante de mí ninguna cabeza permaneció cubierta, usase corona o tiara. Todos los días me ofrecían una Presidencia del Consejo de Ministros o la Dirección de una Cofradía, ofrecimientos que rechazé siempre con enojo. Poco a poco el rumor de mis riquezas pasó las fronteras. «El Fígaro», habló de mí cortesmente; en todos sus números me llenaban de elogios; el grotesco inmortal que firma «Saint-Genest» me dirigió apóstrofes, pidiendo mi ayuda para salvar a Francia; y fué tanta mi popularidad, que todas las Ilustraciones extranjeras publicaron a un tiempo los detalles más insignificantes de mi vida íntima. Recibí de todas las princesas de Europa cartas con sellos heráldicos, exponiéndome por medio de fotografías y documentos la forma de sus cuerpos y la antigüedad de sus genealogías. Dos tonterías que dije durante aquel año fueron telegrafiadas al universo entero por la Agencia Havas; y fuí considerado mucho más ingenioso que Voltaire, que Rochefort y que ese mismo entendimiento que se llama «Todo el Mundo». Cuando mi vientre indigesto se aliviaba con un sonoro estampido, la humanidad lo sabía por conducto de los periódicos. Hice empréstitos a los reyes, subsidié guerras civiles y fuí aclamado por todas las repúblicas latinas que ornan el golfo de México.

Y entre tanto, vivía triste....

Siempre que entraba en casa contemplaba horrorizado la misma visión; ya atravesada en el umbral de la puerta, ya tendida sobre mi lecho de oro, veía una figura extraña, de coleta negra y túnica amarilla, con un papagayo de papel entre las manos. ¡Era el Mandarín Ti-Chin-Fú! Yo entraba furioso con el puño levantado, pero todo desaparecía como por encanto.

Entonces caía anonadado, sudoroso, sobre una poltrona y murmuraba en el silencio del cuarto, en donde las velas que ardían en los bruñidos candelabros de plata prestaban tonos sangrientos a los rojos damascos:

–¡Es preciso matar a este muerto!

Y todavía no era esta impertinencia de un viejo fantasma panzudo que se acomodaba sobre mis muebles, sobre las colchas de mi lecho, lo que más me exasperaba.

Mi horror supremo consistía en una idea clavada en mi espíritu como un hierro inarrancable: «yo había asesinado a un viejo».

No fué con una cuerda al cuello, según el uso musulmán, ni con veneno en una copa de vino de Siracusa a la manera italiana del Renacimiento, ni con ninguno de esos métodos clásicos que en la historia de las Monarquías han recibido consagraciones augustas, con el puñal como Juan II, o con la clava como Carlos IX.

Había eliminado a un sér humano desde lejos con una campanilla. Era absurdo, fantástico. Mas no disminuía la trágica negrura del hecho: «Yo había asesinado a un viejo».

Poco a poco esta certidumbre se fué petrificando en mi alma y como una columna en un descampado dominó toda mi vida interior, de suerte que, por más desviado camino que tomasen mis pensamientos, veían siempre negrear en el horizonte aquella memoria acusadora; por más alto que levantasen el vuelo mis imaginaciones, terminaban por herirse las alas en ese monumento de miseria moral. ¡Ah, por más que se considere la vida y la muerte como vanas transformaciones de la substancia, es pavoroso el pensamiento que ha de bañarse en sangre caliente! Cuando después de comer, mientras a mi lado humeaba el café y yo languidecía, recostado en el sofá, en una sensación de plenitud y hartura, elevábase dentro de mí, melancólico, como canto que se escapa de una cárcel, un susurro de acusaciones.

—¡Miserable, ese bienestar con que te regalas, no volverá a gozarlo el venerable Ti-Chin-Fú por tu causa!

En vano yo replicaba a mi conciencia, recordándole la decrepitud del Mandarín y su gota incurable. Fecunda en argumentos, gustosa de controversia, ella me refutaba con furor:

—Aun cuando en su más pequeña actividad, la vida es un bien supremo; ¡porque el encanto de ella reside en su principio mismo y no en sus manifestaciones!

Yo me revolvía contra este pedantismo retórico de rígido pedagogo. Alzaba altivamente la frente, gritándole con arrogancia desesperada:

—¡Pues bien! Yo le he matado... ¿Qué quieres? ¡Tu nombre de conciencia no me asusta! Eres apenas una perversión de la sensibilidad nerviosa. Puedo eliminarte con un poco de agua de azahar.

Inmediatamente sentía pasar por el alma, con una lentitud de brisa, un rumor humilde de murmuraciones irónicas:

—Bien, entonces, come, duerme, báñate y ama.

Yo así lo hacía. Pero luego, las propias sábanas de Holanda de mi lecho tomaban ante mis ojos despavoridos los tonos lívidos de una mortaja; el agua perfumada en la que me bañaba se pegaba a mi piel, con la sensación espesa de sangre que se coagula; y los pechos desnudos de mis amantes me llenaban de tristeza, como lápidas de mármol que encierran un cuerpo muerto. Después me asaltó una amargura mayor.

Comencé a pensar que Ti-Chin-Fú tendría, sin duda, una numerosa familia, nietos y biznietos, que, despojados de sus riquezas, mientras yo me comía lo suyo en vajilla de Sévres, con una pompa de Sultán perdulario, atravesarían en China todos los infiernos tradicionales de la miseria humana, los días sin arroz, el cuerpo sin agasajos, la hermosura negada, el suelo cenagoso de la calle por lecho.

Comprendí entonces por qué me perseguía el obeso fantasma del viejo letrado; y de sus labios cubiertos por los largos pelos blancos de su bigote, parecióme oir brotar esta acusación desolada:

–Yo no me lamento por mí, que estaba ya medio muerto; lloro por los tristes a quienes arruinaste, y que a estas horas, cuando tú vienes de dormir sobre el fresco seno de tus amantes, gimen de hambre, apiñados, para luchar con el frío, entre el grupo repugnante de leprosos y ladrones en la «Puerta de los Mendigos», ¡allá al pie de las terrazas del Templo del Cielo!

¡Oh, tortura espantosa! ¡Tortura realmente oriental! No podía llevarme a la boca un pedazo de pan sin recordar a los descendientes de Ti-Chin-Fú pidiendo de comer, como pajarillos sin plumas que abren en vano el pico y pían en un nido abandonado.

Si me envolvía en mi gabán de pieles me asaltaba de pronto la visión de las desgraciadas señoras, mimadas en otro tiempo por todas las comodidades del confort chino, hoy, rojas de frío, vestidas de andrajos de viejas sedas, caminando con los pies amoratados por un campo de nieve. El techo de ébano de mi palacio me recordaba la familia del Mandarín; durmiendo a orillas de los canales, perseguidos por los perros; y dentro de mi lujoso cupé me estremecía la idea de largas caminatas por caminos encharcados, bajo el duro invierno asiático.

¡Lo que yo sufría! Y en este tiempo la multitud envidiosa poblaba mi palacio, comentando las felicidades inaccesibles que en él debían habitar.

En fin, reconociendo que la conciencia se agitaba dentro de mí como una serpiente irritada, decidí implorar el auxilio de aquel que dicen es superior a la Conciencia porque dispone de la Gracia.

¡Desgraciadamente yo no creía en él!... Recurrí, pues, a mi antigua divinidad particular, a mi ídolo predilecto, patrona de toda mi familia a Nuestra Señora de los Dolores. Y, regiamente pagado, un regimiento de curas y canónigos, por las catedrales de la ciudad y por las capillas de las aldeas, fué pidiendo a Nuestra Señora de los Dolores que volviese sus ojos piadosos hacia mi mal interior.... Mas ningún alivio descendió de esos cielos inclementes a donde desde hace millares de años se dirigen en vano los clamores de la miseria humana.

Entonces, yo mismo me abismé en prácticas piadosas; y Lisboa asistió a este espectáculo extraordinario: un rico, un Nabab postrándose humildemente al pie de los altares, balbuceando con las manos juntas, rezos y plegarias, como si viese en la Oración y en el Cielo algo más que una consolación ficticia que inventaron los dueños de todo, para contentar a los que no tienen nada. Yo pertenezco a la burguesía y sé que si ella muestra a la plebe crédula un paraíso distante, de goces inefables, es para apartar la atención de sus cofres repletos y de la abundancia de sus sementeras.

Después, más inquieto, hice decir millares de misas, rezadas y cantadas, para desagraviar al alma errante de Ti-

Chin-Fú. ¡Pueril desvarío de un cerebro peninsular! El viejo Mandarín, en clase de Letrado, de miembro de la Academia de los Ilan-Lin, colaborador probable del gran Tratado de Khou-Truane-Chou, que ya tiene publicados más de setenta y ocho mil setecientos treinta volúmenes, era sin duda alguna sectario de la moral positivista de Confucio. Nunca había quemado teas perfumadas en honor de Buda; y las ceremonias del sacrificio místico debían parecer a su abominable alma de gramático y de escéptico, simples pantominas de los payasos en el Teatro de Haug-Tung.

Entonces, prelados astutos, con experiencia católica, me dieron un consejo admirable: captarme con presentes, flores, brocados y joyas, como si fuese a alcanzar los favores de Aspasia; y a la manera de un ventrudo banquero que obtiene las complacencias de una bailarina regalándola una quinta entre árboles, yo, por una sugestión sacerdotal, tenté conseguir la benevolencia de la Madre de los hombres, levantándole una catedral toda de mármol blanco.

La abundancia de flores entre los pilares labrados dábanle perspectivas de paraíso; la multiplicidad de las luces recordaban magnificencias siderales.... ¡Dispendios vanos! El fino y erudito cardenal Nani vino de Roma a consagrar la iglesia; mas cuando yo aquel día entré a visitar a mi divina huésped, lo que vi más allá de las calvas de los celebrantes, no fué la Reina de Gracia, rubia, con su túnica azul, sino al viejo Mandarín con sus ojos oblícuos y su papagayo entre las manos. Era a él, a su blanco bigote de tártaro, a su panza color de oca, a quien todo un sacerdocio recamado de oro ofrecía, al roncar del órgano, ¡la eternidad de las Alabanzas!

Entonces, pensando que Lisboa y el medio adormecido en que me movía, eran favorables al desenvolvimiento de estas imaginaciones, partí, viajé modestamente, sin pompa, con un baul y un lacayo.

Visité, en su orden clásico, París, la banal Suiza, Londres y los lagos taciturnos de Escocia; levanté mi tienda delante de las murallas exangélicas de Jerusalén; y desde Alejandría a Tebas recorrí ese largo Egipto monumental y triste como el corredor de un mausoleo.

Conocí el mareo de los buques, la monotonía de las ruinas, las desilusiones del «boulevard»; y mi mal interior iba creciendo.

Ahora, ya no era sólo la amargura de haber despojado a una familia venerable; asaltábame el remordimiento de haber privado a la sociedad de un personaje fundamental, un letrado perito, columna del Orden, apoyo de las instituciones. No se puede arrancar a un Estado una personalidad que vale veinte millones de pesetas sin perturbar su equilibrio. Esta idea era mi desesperación. Quise saber si verdaderamente la desaparición de Ti-Chin-Fú fué funesta a la decrépita China; leí todos los periódicos de Hong-Kong y Shang-Hai, velé noches enteras sobre historias de viajes, consulté sabios misioneros; y artículos, hombres, libros, todo me hablaba de la decadencia del Celeste Imperio: ¡provincias arruinadas, ciudades moribundas, plebes hambrientas, pestes y rebeliones, templos en ruinas, leyes sin autoridad, la descomposición de un mundo, como una nave encallada que el mar deshace tabla por tabla!

¡Y yo me creía el causante de las desgracias de la sociedad china! En mi espíritu enfermo, Ti-Chin-Fú tomaba entonces el valor desproporcionado de un César, de un Moisés, de uno de esos seres providenciales que son la fuerza de una raza. Yo le dí muerte, y con él murió la vitalidad de su patria. Su vasto cerebro tal vez hubiese salvado los rasgos geniales de aquella vieja monarquía asiática, y yo inmovilizé su acción creadora. Su fortuna hubiera podido reforzar el Erario, y yo la estaba disipando entre fiestas y prostitutas... ¡Amigos, conocí el remordimiento inmenso, colosal, de haber arruinado un Imperio! Para olvidar este complicado tormento, me entregué a la orgía. Me instalé en un palacio de la avenida de los Campos Elíseos, y fuí terrible. Daba fiestas a lo Trimalción y, en las horas más ásperas de la furia libertina, cuando entre la música de las charangas, entre el estridor brutal de los cobres, rompían el «can-cán», cuando prostitutas de seno desnudo cantaban coplas canallescas; cuando mis convidados bohemios, ateos de cervecería, injuriaban a Dios, con la copa de champagne levantada, yo, poseído súbitamente como Helio y Abalo, de un furor de bestialidad, de un odio inmenso contra lo Pensante y lo Consciente, me tiraba al suelo a cuatro patas y me ponía a rebuznar imitando al burro.

Después quise descender más; confundirme con la plebe, conocer las torpezas alcohólicas de la taberna; y muchas veces, vestido de blusa, con la gorra echada hacia atrás, del brazo de «Mes-Bottes o Bibi-la-Gaillarde», entre un tropel de borrachos, fuí tambaleándome por los «boulevares» exteriores, cantando con voz ronca:

«¡Allons, enfants de la patrie-e-e!...
Le jour de gloire est arrivé-e-e....»

Una mañana, después de estos excesos, a la hora en que en las tinieblas del alma del borracho se alza una vaga aurora espiritual, nació, de repente, la idea de partir para la China. Y como soldados adormecidos en el campamento, que al son del clarín se levantan y uno a uno se van juntando y formando en columna, otras ideas se fueron reuniendo en mi espíritu, alineándose en formidable formación. Marcharía a Pekín; descubriría la familia de Ti-Chin-Fú; casándome con una de las señoras, legitimaría la posesión de mis millones; daría a aquella casa letrada su antigua prosperidad; para calmar el espíritu irritado del Mandarín celebraría pomposos funerales; iría por las provincias miserables distribuyendo arroz y donativos; y una vez obtenido del emperador el botón de cristal que ostentan los Mandarines, substituiría a la personalidad del Ti-Chin-Fú, pudiendo así restituir legalmente a su patria, si no la autoridad de su saber, al menos la fuerza de su oro.

Todo esto, a veces, me parecía un programa indefinido, nebuloso, pueril e idealista. Mas el deseo de esta aventura original y épica acababa por convencerme, arrastrándome como a las hojas secas los remolinos del viento. Suspiré anhelante por pisar la tierra de China. Después de largos preparativos aligerados a peso de oro, una noche, por fin, partí para Marsella. Había alquilado un buque entero: «El Ceilán». Y a la mañana siguiente, por un mar azul-prusia, bajo el vuelo blanco de las gaviotas, cuando los primeros rayos del sol ruborizaban las torres de Nuestra Señora de la Guardia, puse proa hacia Oriente.

IV

«El Ceilán» tuvo un viaje monótono y lleno de calma hasta Shang-Hai. Desde allí subimos por el río Azul hasta Tien-Tsin en un pequeño «steamer» de la Compañía Russal. Yo no iba a visitar la China con esa curiosidad ociosa de turista; todo el paisaje de aquella provincia, semejante al de un vaso de porcelana, de un tono azulado y vaporoso, con colinitas peladas y de tiempo en tiempo un arbusto solitario, no me hizo salir de mi sombría indiferencia.

Cuando el capitán del «steamer», un yanki imprudente, de hocico de cerdo, al pasar por Nankin, me propuso ir a recorrer las monumentales ruinas de la vieja ciudad de porcelana, yo rechazé la proposición con un seco movimiento de cabeza, sin levantar los ojos tristes de la tranquila corriente del río.

¡Qué pesados e insoportables me parecieron los días de navegación de Tien-Tsin a Tung-Chou, en barcos chatos que apestaban como el olor y suciedad de los remeros; ora a través de las tierras bajas inundadas por el Pei-hó, ora a lo largo de pálidos e infinitos arrozales; cruzando aquí una lúgubre aldea de loma negra, allá un campo cubierto de flores amarillas, topando a cada momento con cadáveres de mendigos, hinchados y verdosos, que descendían al fondo del agua, bajo un cielo fosco y bajo!

En Tung-Chou quedé sorprendido al ver la escolta de cosacos que mandaba a mi encuentro el viejo general Camilloff, heróico oficial de las campañas del Asia Central, y entonces embajador de Rusia en Pekín. Me habían recomendado a él como un sér precioso y raro. El lenguaraz intérprete Sa-Tó, que el general había mandado para ponerse a mi servicio, me explicó que las cartas del sello imperial anunciando mi llegada se habían recibido hacía tiempo por conducto de los correos de la cancillería que atraviesan la Siberia en trineos, desciende sobre los lomos del camello hasta la Gran Muralla tártara, y entregan allí su maleta a esos corredores mongólicos, vestidos de cuero escarlata, que noche y día galopan hacia Pekín.

Camilloff me enviaba un «poney» de la Mandchuria, enjaezado de seda, y una tarjeta de visita con estas palabras escritas con lápiz bajo su nombre: «¡Salud! ¡El caballo es blando de boca!»

Monté el «poney»; y a un «¡hurra!» de los cosacos, entre la heróica agitación de las lanzas, partimos a galope por la polvorienta planicie, porque ya la tarde declinaba, y las puertas de Pekín se cierran apenas el último rayo de sol huye de las torres del Templo del Cielo. Al principio seguimos un camino, formado por el tránsito de las caravanas, atravesado por enormes losas de mármol arrancadas de la antigua Vía Imperial. Después pasamos el puente de Palitas. Corrimos a la orilla de canales de agua negra; comenzaron a aparecer pomares y aldeas anidadas al pie de una pagoda y, de repente, en un recodo del camino, me paré asombrado.

¡Pekín estaba delante de mí! Es una vasta muralla, monumental y bárbara, de un negro obscuro, extendida hasta perderse de vista, y destacándose con la arquitectura babilónica de sus puertas de techos curvos, sobre el fondo sangriento de la púrpura del sol poniente.

A lo largo, hacia el norte, en medio de una nube rojiza, veíase, como suspendidas en el aire, las montañas de Mongolia.

Una rica litera me esperaba a la puerta de Ung-Tsen-Men, para conducirme a través de Pekín hasta la residencia militar de Camilloff. Ahora, la muralla, vista de cerca, parecía levantarse hasta los cielos con todo el horror de una construcción bíblica.

En su base se apiñaba una confusión de barracas, feria exótica, donde pululaba una multitud rumorosa, y la luz de las linternas oscilantes salpicaba el crepúsculo de vagas manchas sangrientas. Los toldos blancos parecían al pie del negro muro bandadas de mariposas inmóviles.

Una gran tristeza se apoderó de mi alma. Entré en la litera y, cerrando las cortinas de seda escarlata bordadas de oro, escoltado por los cosacos, penetré en la vieja Pekín, por su puerta babélica, en medio de una turba tumultuosa, entre carretas, caballeros mongólicos armados de flechas, bonzos de túnica blanca, marchando uno a uno, y largas filas de dromedarios balanceando cadenciosamente su carga.

Al poco rato la litera se paró. El respetuoso Sa-Tó descorrió las cortinas y me hallé en un jardín obscuro y silencioso, donde, entre sicomoros seculares, kioscos iluminados, brillaban con una luz suave, como colosales linternas perdidas en la selva. Los surtidores y las fuentes murmuraban en la sombra. Bajo un peristilo formado de maderos pintados de rojo, iluminado por hileras de faroles de papel transparente, me esperaba una membruda figura de bigotes blancos apoyada en un grueso sable. Era el general Camilloff. Al adelantarme hacia él, lo hacía con el paso inquieto de las gacelas que, asustadas, huyen sin ruido entre los árboles.

El viejo héroe me apretó un momento contra su pecho y me condujo luego, según los usos chinos, al baño de la hospitalidad, una vasta pila de porcelana, donde entre rodajas finas de limón sobrenadaban esponjas blancas despidiendo un fuerte olor a lilas.

Poco después, la luna bañaba deliciosamente los jardines; y yo, muy fresco, de corbata blanca, entraba del brazo de Camilloff en el «boudoir» de la generala. Era alta y rubia, tenía los ojos verdes de las sirenas de Homero; en el descote bajo de su vestido de seda llevaba prendida una rosa blanca; y en los dedos, que yo besé respetuosamente, erraba un perfume fino de sándalo y de té.

Hablamos mucho de Europa, del nihilismo, de Zola, de León XIII, y de la delgadez de Sarah.

Por la galería abierta penetraba un aire cálido que trascendía a heliotropo. Después la dama se sentó al piano, y con su voz de contralto rompió el silencio melancólico de la ciudad tártara, cantando las picantes arias de «Madame Javart» y las melodías fatigosas del «Rey de Lahore».

Al día siguiente, encerrado con el general en uno de los dos kioscos del jardín, le conté mi lamentable historia y los motivos fabulosos que me impulsaron a venir a Pekín. El héroe me escuchaba silencioso, retorciéndose sombríamente su espeso bigote de cosaco.

–¿Sabe usted el idioma chino? –me preguntó de repente, clavando en mí sus pupilas sagaces.

–Sé dos palabras importantes, mi general: «Mandarín» y «Té».

El héroe se pasó la mano de gruesos tendones sobre la horrible cicatriz que le cruzaba la calva:

–«Mandarín», amigo mío, no es palabra china y nadie la entiende en este país. Es el nombre que en el siglo XVI, los navegantes de su patria, de su hermosa patria....

–Cuando nosotros teníamos navegantes... –murmuré suspirando. Mi interlocutor suspiró también, por cortesía, y continuó:

–...Que sus navegantes dieron a los funcionarios chinos. Viene de su verbo, de su lindo verbo....

–Cuando teníamos verbos... –interrumpí yo, por esa costumbre instintiva en los peninsulares de hablar mal de la patria.

El general entornó un momento sus ojos redondos de viejo astuto y prosiguió paciente y grave:

–De su lindo verbo mandar.... Le queda, por lo tanto, una palabra, «té». Es un vocablo que tiene gran importancia en la vida china, más lo creo insuficiente para servir en todas las relaciones sociales. Mi querido huésped pretende casarse con una señora de la familia de Ti-Chin-Fú, continuar la gran influencia que ejercía el Mandarín y substituir, doméstica y socialmente a ese llorado difunto.... Para todo eso dispone de la palabra «té». Es poco.

No pude negar que era poco. El venerable ruso, frunciendo su nariz de pico de milano, me opuso aún otras objeciones que yo veía levantarse ante mi deseo como las murallas mismas de Pekín; ninguna señora de la familia

41

de Ti-Chin-Fú consentiría en casarse con un extranjero; y sería imposible, absolutamente imposible, que el emperador, el Hijo del Sol, concediese a un extraño los honores privilegiados de un Mandarín.

—¿Por qué me los negaría? —exclamé. —Yo pertenezco a una distinguida familia de la provincia del Miño. Soy licenciado, por lo tanto, en China como en Coimbra, soy letrado. He pertenecido a una oficina del Estado.... Poseo millones. Tengo la experiencia del estilo administrativo....

El general se iba inclinando respetuosamente ante la abundancia de mis atributos.

—No es —dijo al fin— que el emperador realmente lo rechaze; es que el individuo que lo propusiese sería inmediatamente decapitado. La ley china, en este punto, es explícita y severa.

Bajé la cabeza abrumado.

—Mas, general —murmuré— yo quiero librarme de la presencia odiosa del viejo Ti-Chin-Fú y de su papagayo.... Si yo entregase la mitad de mis millones al tesoro chino, ya que no me es dado personalmente, como Mandarín, aplicarlos a la prosperidad del Estado, tal vez Ti-Chin-Fú se calmase.

El general puso paternalmente su ancha mano sobre mi hombro.

—Error, considerable error, joven. Esos millones nunca llegarían al Tesoro imperial. Se quedarían en los bolsillos insondables de las clases directoras; serían disipados en plantar jardines, coleccionar porcelanas, alfombrar salones y vestir de seda a las concubinas; no alimentarían una sola piedra de los caminos públicos.... Irían a enriquecer la orgía asiática. El alma de Ti-Chin-Fú debe conocer bien el Imperio y eso no le satisfaría.

–¿Y si yo emplease parte de la fortuna del viejo en hacer particularmente, como filántropo, largas distribuciones de arroz al populacho hambriento? Es una idea.

–Funesta –dijo el general, frunciendo horriblemente el entrecejo. –La corte imperial vería en esto una ambición política, un plan para ganar el favor de la plebe, un peligro para la dinastía.... Mi buen amigo, sería decapitado.... Es grave....

–¡Maldición! –grité. –¿Entonces para qué he venido a la China?

El diplomático se encogió de hombros; mas luego mostró en una sonrisa maliciosa sus dientes amarillentos de cosaco:

–Haga una cosa. Busque a la familia de Ti-Chin-Fú.

Y añadió:

–Yo indagaré del primer ministro, su excelencia el príncipe Tong, donde para esa familia tan interesante; después reúnalos usted, y arrójeles una o dos docenas de millones; organice para el difunto unos funerales de gran ceremonia con un séquito de una legua de largo, filas de bonzos, todo un mundo de estandartes, palanquines, lanzas, plumas, pendones encarnados y, por último, legiones de plañideras lanzando gritos lamentables. Si después de todo su conciencia no se adormece y el fantasma insiste....

–¿Entonces?

–Entonces mataos.

–Muchas gracias, mi general.

Una cosa, sin embargo, era evidente y en ello estuvieron de acuerdo Camilloff, el respetuoso Sa-Tó y la generala, que para tratar a la familia de Ti-Chin-Fú, formar en el séquito de los funerales y, en una palabra, introducirme en la vida de Pekín, era preciso, desde luego, vestirme con un traje conforme a las maneras y al ceremonial de los mandarines.

Mi faz amarillenta y mi largo bigote caído favorecían el plan. Y cuando a la mañana siguiente, después de haber regateado con los sastres de la calle Cha-Cona, entré en la sala tapizada de seda escarlata, donde ya brillaba la vajilla del almuerzo sobre la mesa de hule negro, la generala retrocedió como si apareciese el propio Tong-Tché, Hijo del Cielo.

Yo ostentaba una túnica de brocado azul obscuro abotonada a un lado, con el peto ricamente bordado de dragones y flores de oro, encima de una sobrevesta de seda de un tono azul más claro, corta, amplia y fofa; las calzas, de satén color de avellana, descubrían ricas babuchas amarillas, pespunteadas de perlas y un poco de la media sembrada de estrellitas obscuras y a la cintura, en una linda faja recamada llevaba metido un abanico de bambú, de los que ostenta el retrato del filósofo La-o-Tsé y son fabricados en Lwatón; y por esas misteriosas correlaciones con que el vestido influye en el carácter, yo sentía ya dentro de mí ideas e instintos chinescos; el amor a los ceremoniales meticulosos, el respeto burocrático a las fórmulas, un abyecto terror hacia el emperador, el odio a lo extranjero, el culto por los antepasados, el fanatismo de la tradición, el gusto por las cosas azucaradas.

Alma y vientre eran por completo de un Mandarín. Así es que no dije a la generala:

«Bon jour, madame», sino que, doblado por la cintura, haciendo girar los puños cerrados sobre la frente, baja, hice gravemente el «chinchín».

–¡Está usted adorable, precioso! –decía ella con su linda sonrisa, golpeando las manos diminutas y pálidas. En honor de mi nueva encarnación habían preparado aquella mañana un almuerzo chino. ¡Qué gentiles servilletas de papel de seda escarlata con monstruos fabulosos dibujados en negro! La comida dió comienzo por ostras de Ning-Pó. ¡Excelentes! Me sorbí dos docenas con verdadero regalo oriental. Después sirvieron deliciosas fibras de aletas de tiburón, ojos de carnero con picado de ajo, un plato de nenúfares en compota, naranjas de Cantón, y, en fin, el arroz tradicional, el arroz de los abuelos. Todo esto con la ayuda de unas cuantas botellas de excelente vino de Chao-Chigné. Y, en fin, con qué gozo saboreé mi taza de té imperial, té de la primera cosecha de marzo, cosecha única que es celebrada como un rito santo por las manos puras de las vírgenes.

Entraron dos cantadoras mientras nosotros fumábamos, y durante largo tiempo entonaron con una modulación gutural viejas cántigas de los tiempos de la dinastía Ming al són de guitarras forradas de piel de serpiente que dos tártaros, en cuclillas rasgueaban con una cadencia melancólica y bárbara. La China tiene encantos raros.

Después, la rubia generala cantó con gracia, la «Femme a barbe»: y cuando el general marchó con su escolta cosaca hacia el Yamen del príncipe Tong, a informarse de la residencia de la familia Ti-Chin-Fú, yo, repleto y bien dispuesto, salí con Sa-Tó a ver Pekín.

La vivienda de Camilloff quedaba en la ciudad tártara, en los barrios militares y nobles. Reina allí una tranquilidad austera. Las calles semejan largos caminos de aldea surcados por las ruedas de los carros y casi siempre se camina pegado a los muros, de donde salen ramas horizontales de sicomoros.

A veces, una carreta pasa rápidamente, al trote de un poney mogol, con altas ruedas claveteadas de clavos dorados; todo en ella oscila: el toldo, las cortinas de seda, los penachos de plumas de los ángulos; y dentro se entrevé alguna hermosa dama china, cubierta de brocado claro, la cabeza toda llena de flores, haciendo girar en las muñecas dos aros de plata con un aire de tedio ceremonioso: Después alguna aristocrática litera de mandarín, que koolíes vestidos de azul, con la coleta suelta llevan al trote, encorvados, hacia los Yamens del Estado; precédeles un criado que levanta en el aire rollos de seda con inscripciones bordadas, insignias de autoridad; y dentro el personaje gordinflón de enormes lentes redondos ojea sus papeles o dormita con el labio caído.

A cada momento nos parábamos para admirar las ricas tiendas con sus tabletas verdes de letras doradas sobre fondo negro; los parroquianos, en un silencio de iglesia examinan las preciosidades: porcelanas de la dinastía Ming, bronces, esmaltes, marfiles, sedas, armas, los abanicos maravillosos de Swatón; a veces una fresca joven de ojos oblícuos, vestida de azul, con amapolas de papel en la cabeza, desdobla algún rico brocado delante de algún grueso chino que la contempla beatíficamente con los dedos cruzados sobre la panza: al fondo, el mercader, aparatoso e inmóvil, escribe sobre tablillas de sándalo, y un perfume suave que entristece y perturba brota de todas las cosas.

¡He aquí las murallas que cercan a la ciudad interdicta, morada santa del Emperador! Jóvenes de familias patricias, descienden de la terraza de un templo, donde estuvieron adiestrándose en el manejo de la flecha. Sa-Tó me dice sus nombres: forman parte de la guardia selecta, que en las ceremonias da escolta al quitasol de seda amarilla con un dragón bordado que es el emblema sagrado del Emperador. Todos ellos cumplimentan profundamente a un viejo de barbas venerables, con sobrevesta amarilla, privilegio de los ancianos. Iba hablando solo y llevaba en la mano una vara donde se posaban dos pájaros domesticados. Era un príncipe del Imperio.

¡Extraños barrios! Mas nada me divertía tanto como ver a cada instante en la puerta de un jardín dos mandarines panzudos que para entrar se hacían infinitas zalemas y cortesías sonriendo, todo un ceremonial dogmático, que les hacía oscilar de un modo picaresco sobre las espaldas las largas plumas de pavo. Donde quiera que se levantaban los ojos se veían siempre enormes cometas de papel, ora en forma de dragones, ora de cetáceos o aves fabulosas, llenando el espacio de una inverosímil legión de monstruos transparentes y ondeantes.

–¡Sa-Tó, basta de ciudad tártara! Vamos a ver los barrios chinos.

Y allí fuimos, penetrando en la ciudad chinesca por la parte populosa de Tchin-Men. Aquí habita la burguesía, los mercaderes y el populacho. Las calles alíneanse como una pauta; y en el suelo vetusto y enlotado, hecho con inmundicias de cien generaciones, aún se ven algunas de aquellas losas de mármol de color de rosa que en otra era, en tiempo de la grandeza de Ming, lo cubrían.

Forman las calles ora terrenos pedregosos donde aúllan manadas de perros hambrientos, ora filas de chozas toscas, ora pobres tiendas con sus tabletas balanceándose en un asta de hierro.

A lo lejos se alzan los arcos triunfales hechos con barrotes de color de púrpura, ligados en lo alto por un tejado oblongo de tejas azules que brillan como esmaltes. Una multitud rumorosa y apiñada, donde domina el tono pardo y azulado de los trajes, circula sin cesar; el polvo lo envuelve todo en una nevada amarilla; un hedor acre se respira en el aire; y a cada momento largas caravanas de camellos atraviesan la multitud, conducidos por mongoles sombríos vestidos de pieles de carnero....

Fuimos hasta los caminos de los puentes sobre los canales, donde saltimbanquis semi-desnudos, con máscaras simulando demonios pavorosos, hacen destrezas con una picardía bárbara y sutil; y mucho tiempo estuve admirando los astrólogos que, vestidos con largas túnicas, adornados con dragones de papel, venden ruidosamente horóscopos y consultas de astros. ¡Oh, ciudad, fabulosa y singular!

De repente se levantó una gritería espantosa. Corrimos; era una cuerda de presos que un soldado de grandes lentes, empujaba con su quitasol, amarrados los unos a los otros por el extremo de la coleta. En aquella avenida vi también el cortejo de un funeral de Mandarín, todo ornado de oriflamas y banderolas; grupos de hombres fúnebres quemaban papeles en braserillos portátiles; mujeres desarrapadas aullaban de dolor revolcándose sobre los tapices; después se levantaban, y un koolí vestido de blanco, en señal de luto, les servía el té en un gran plato en forma de ave.

Al pasar junto al Templo del Cielo, vi apiñada en una grada una legión de mendigos; llevaban por todo indumento un trapo amarrado a la cintura con un cordel; las mujeres, con los cabellos cubiertos de viejas flores de papel, roían huesos tranquilamente, y los cadáveres de las criaturas se pudrían a su lado bajo el vuelo de los moscardones. Más adelante encontramos una jaula donde un condenado extendía, a través de los barrotes, las manos descarnadas, implorando una limosna.... Después Sa-Tó, mostróme respetuosamente una plaza estrecha: allí, sobre pilares de piedra, se veían pequeñas jaulas conteniendo cabezas de decapitados, goteando sangre espesa y negra.

–¡Oh! –exclamé fatigado y aturdido. –Sa-Tó, ahora quiero reposo, silencio y un cigarro caro....

El intérprete inclinóse; y por una escalera de granito me llevó a las murallas de la ciudad, las cuales forman una explanada que cuatro carros de guerra apareados podrían recorrer durante leguas.

Mientras Sa-Tó, sentado en el hueco de una almena, bostezaba en un desahogo de «cicerone» fastidiado, yo, fumando, contemplé largo rato, a mis pies, la vasta y sagrada Pekín.

Es como una formidable ciudad de la Biblia, Babel o Nínive, que el profeta Jonás tardó tres días en atravesar. El grandioso muro cuadrado limita los cuatro puntos del horizonte con puertas de torres monumentales que el aire azulado, desde aquella distancia, hace parecer transparentes. En la inmensidad de su recinto agloméranse confusamente verdores de bosques, lagos artificiales, canales brillantes, puentes de mármol, terrenos cubiertos de minas, tejados barnizados relucientes al sol; por todas partes se alzan pagodas heráldicas, blancas azoteas de templos, arcos triunfales, kioscos saliendo de entre el follaje de los jardines; después, espacios que parecen montes de porcelana; y siempre a intervalos regulares la mirada encuentra algunos de los bastiones, de aspecto heroico y fabuloso.

La multitud, junto a esas edificaciones grandiosas, es apenas como granos de arena negra que un viento blando trae y lleva.

Aquí está el vasto palacio imperial, entre arboledas misteriosas, con sus tejados de un amarillo de oro muy vivo. ¡Con cuánto gusto penetraría en sus secretos y vería desfilar, por las galerías sobrepuestas la magnificencia bárbara de esas dinastías seculares!

A lo lejos se levanta la torre del Templo del Cielo, semejante a tres quitasoles sobrepuestos; después la gran columna de los Principios, hierática y seca como el genio de la raza, y delante blanquean en una media tinta sobrenatural, las terrazas de jaspe del Santuario de la Purificación.

Entonces interrogué a Sa-Tó; y su dedo respetuoso fué señalándome el Templo de los Antepasados, el Palacio de la Soberana Concordia, el pabellón de las Flores de las Letras, el kiosco de los Historiadores, brillando, entre los bosques sagrados que los cercan, con sus tejados lustrosos, azules, verdes, escarlata y de color de limón. Yo devoraba con ojos ávidos aquellos monumentos de la antigüedad asiática, lleno de curiosidad por conocer las impenetrables clases que los habitan, el principio de las Instituciones, la significación de las inscripciones, el espíritu de sus ciencias, la gramática, el dogma y la extraña vida interior de un cerebro de letrado chino. Mas ese mundo es inviolable como un santuario.

Me senté en la muralla y mis ojos perdiéronse en la planicie arenosa que se extiende más allá de los puestos hasta los contrafuertes de los montes mongólicos; allí, airosamente, se arremolinan ondas indefinibles de polvo; y a todas horas negrean filas vagarosas de caravanas. Entonces invadió a mi alma una melancolía que el silencio de aquellas alturas, envolviendo a Pekín, hacía más desolada; era como un cansancio de mí mismo, un largo pensar de mi sentir; allí, aislado, absorto en aquel mundo duro y bárbaro. Me acordé, con los ojos húmedos, de mi aldea del Miño, la venta con un ramo de laurel colgado sobre la puerta, el banco del herrador y las riberas fresca y rozagantes cuando verdean los linos.

Era la época en que las palomas emigran de Pekín hacia el Sur. Yo las veía reunirse en bandadas por encima de mí, partiendo de los bosques, de los templos y de los pabellones imperiales; cada una llevaba, para librarse de los milanos, una cañita de bambú que el aire hacía silbar, y aquellas nubes blancas pasaban como impelidas por una brisa suave, dejando en silencio un lento y melancólico suspiro, una ondulación célica, que se perdía en los aires pálidos. Volví a casa, lento y pensativo.

En la comida, Camilloff, desdoblando su servilleta, me preguntó mis impresiones sobre Pekín.

—Pekín me hace sentir muy bien, mi general, los versos de un poeta portugués:

«Sóbalos ríos que vào
por Babylonia me achei....»

—¡Pekín es un monstruo! —dijo Camilloff, haciendo oscilar su calva reluciente. —Y ahora considere que en esta capital, a la clase tártara y conquistadora que la posee, obedecen trescientos millones de hombres, una raza audaz, laboriosa, sufrida, política, invasora. Estudian nuestras ciencias... ¿Una copita de Medoc, Teodoro?... ¡Tienen una marina formidable! El ejército que en otro tiempo creía destrozar al extranjero con dragones de papel de donde salían culebras de fuego ¡sigue ahora la táctica prusiana y va armado con fusil de aguja! ¡Grave, muy grave!

–Y todavía, mi general, en mi país, cuando a propósito de Macao, se habla del Imperio Celeste, los patriotas se pasan los dedos por las greñas y dicen negligentemente: «Mandamos allá cincuenta hombres y barremos la China».

Después de citar esta sandez, quedamos silenciosos. El general, tosiendo formidablemente, murmuró luego, con condescendencia:

–¡Portugal es un bello país!

Yo exclamé con sequedad y firmeza:

–¡Una pocilga, general!

La generala, colocando delicadamente en el borde del plato un alón y limpiándose los dedos, dijo:

–Es el país de la canción de Mignon; el hermoso país donde florece la naranja.

El gordo Meriskoff, doctor alemán de la Universidad de Bonn, canciller de la legión, hombre de aficiones poéticas, y gran comentarista, observó con respeto:

–Generala, el dulce país de Mignon es Italia: «¿Conoces tú la tierra privilegiada donde la naranja da flor?» El divino Goethe se refería a Italia, «Italia mater». Italia será el eterno amor de la humanidad sensible.

–¡Yo prefiero a Francia! –suspiró la esposa del primer secretario, una jovencita pálida de cabello rizado.

–¡Ah, la Francia! –murmuraron algunos comensales, poniendo los ojos en blanco.

El gordo Meriskoff agitó los lentes de oro.

–Francia tiene un pero, que es la cuestión social.

–¡Oh, la cuestión social! –murmuró sombríamente Camilloff.

Y conversando con tanta sabiduría, llegamos por fin al café.

Al bajar al jardín, la generala, apoyándose sentimentalmente en mi brazo, murmuró junto a mi oído:

–Ay, ¡quién pudiera vivir en esos palacios apasionados donde verdean las naranjas!...

–¡Allí sí que se ama, generala! –le dije en secreto, llevándola dulcemente hacia la obscuridad de los sicomoros.

V

Fué necesario todo un largo verano para descubrir la provincia donde residía el difunto Ti-Chin-Fú.

¡Qué episodio administrativo tan pintoresco, tan chino! El servicial Camilloff, que se pasaba el día entero recorriendo los Yamens del Estado, tuvo que probar, primero, que el deseo de conocer la morada del viejo Mandarín no encubría ninguna conspiración contra la seguridad del Imperio, y después fué preciso que jurase que no encerraba esta curiosidad un atentado contra los Ritos sagrados. Entonces, satisfecho, el príncipe Tong permitió que se hiciese la requisitoria imperial: centenares de escribientes palidecieron noche y día, con el pincel en la mano, dibujando consultas sobre papel de arroz; misteriosas conferencias susurraron insensatamente por todos los distritos de la Ciudad Imperial desde el Tribunal Astronómico hasta el Palacio de la Bondad Preferida; y un ejército de koolíes transportaba desde la legación de Rusia hasta los Kioscos de la Ciudad Interdicta, y de aquí al Patio de los Archivos, parihuelas que crugían bajo el peso de los legajos de viejos documentos.

Cuando Camilloff preguntaba por el resultado de sus investigaciones, le contestaban satisfactoriamente que se estaban consultando los libros santos de La-o-Tsé, o que se iban a explorar viejos textos del tiempo de Nor-Xa-Chú. Y para calmar la impaciencia bélica del ruso, el príncipe Tong remitía, con estos recados sutiles, algún substancioso presente de confites o goma de bambú en caldo de azúcar.

Mientras el general trabajaba con fervor para encontrar la familia Ti-Chin-Fú, yo iba tejiendo horas de seda y oro (así dice un poeta japonés) a los pies pequeñitos de la generala. Había un kiosco en el jardín, bajo los sicomoros, que se denominaba, al modo chino, el «Reposo discreto»; a un lado un arroyo fresco cantaba dulcemente bajo una fuentecilla rústica pintada de color de rosa. Las paredes las formaban un enrejado de bambú forrado de seda amarilla; el sol, pasando a través de ellas, proyectaba una luz sobrenatural de ópalo claro. En el centro, un diván de seda blanca, de una poesía de nube matutina, atraía como un lecho nupcial. En los rincones, en preciosos jarrones transparentes de la época de Yeng, alzábanse, con su esbeltez aristocrática, lirios escarlata del Japón. El suelo estaba todo cubierto de esteras finas de Nankín y junto a la ventana enrejada, sobre un airoso pedestal de sándalo, veíase abierto un abanico formado de varillas de cristal que la brisa, al entrar, hacía vibrar con modulación melancólica y tierna.

Las montañas de fines de agosto en Pekín, son muy apacibles; ya vaga en el aire una calma otoñal; a esa hora, el consejero Mariskoff y los oficiales de la legación estaban siempre en la cancillería, despachando el correo de San Petersburgo.

Yo, entonces, con el abanico en la mano, pisando sutilmente con la punta de las babuchas de satín las calles enarenadas del jardín, iba a entreabrir la puerta del «Reposo discreto»:

–¿Mimí?

Y la voz de la generala respondía, suave como un beso:

–«All right....»

¡Qué linda estaba vestida de dama china! En sus cabellos levantados albeaban flores raras, y sus cejas parecían más puras y negras avivadas con tinta de Nankín. La camisa de gasa bordada, la túnica de filigrana de oro, plegábase a sus senos pequeñitos y erectos. Largas y fofas calzas de fulard color «cadera de Ninfa», que le daba una gracia propia de serrallo, descendían sobre los tobillos finos, cubiertos de sedosas medias amarillas. Y apenas tres dedos de mi mano cabían en sus chinelitas.

Llamábase Wladimira; nació al pie de Nid-ji-Nowgorod y fué educada por una vieja tía que admiraba a Rousseau, leía a Foblas, usaba cabellos empolvados, y parecía una basta litografía cosaca de una dama galante de Versalles....

El sueño de Wladimira era vivir en París; y mientras hacía hervir delicadamente las hojas del té, me rogaba que la contase historias picantes de «cohetes», y me confesaba su culto por Dumas hijo.

Yo le arremangaba la larga manga de la casaca de seda de color de hoja muerta, y hacía viajar mis labios devotos por la piel fresca de sus bellos brazos; y después, sobre el diván, enlazados, pecho contra pecho, en un éxtasis mudo, sentíamos las maravillas de cristal resonar eólicamente, las palomas azules arrullarse en los plátanos, y el fugitivo ritmo del arroyo murmurador....

Nuestros ojos humedecidos encontraban a veces un cuadro de satín negro por cima del diván, donde en caracteres chinos se desarrollaban sentencias del libro sagrado de Li-Nun «sobre los deberes de la esposa». Mas ninguno de nosotros entendía el chino.... Y en el silencio, nuestros besos volvían a comenzar espaciados, sonando dulcemente y comparables (en la lengua florida de aquellos países) a perlas que caen, una a una, sobre una bandeja de plata... ¡Oh, suaves siestas de los jardines de Pekín! ¿Dónde estáis ahora? ¿Dónde estáis, hojas muertas de los lirios escarlata del Japón?

Una mañana Camilloff entró en la cancillería, donde yo fumaba amigablemente una pipa en compañía de Mariskoff y tirando su enorme sable sobre el canapé, nos contó radiante de alegría las noticias que le había dado el penetrante príncipe Tong. Descubrióse al fin que un opulento mandarín, llamado Ti-Chin-Fú, vivía en otro tiempo cerca de los confines de la Mongolia, en la villa de Tien-Hó. Había muerto súbitamente; y su descendencia residía allá en la miseria, en una choza vil.

Este descubrimiento, ciertamente, no fué debido a la burocracia imperial; lo hizo un astrólogo del templo de Faguas, que durante veinte noches hojeó en el cielo el luminoso archivo de los astros.

–¡Teodoro, ese mandarín es su hombre! –exclamó Camilloff.

Y Mariskoff repitió, sacudiendo la ceniza de la pipa:

–¡Ese es su hombre, Teodoro!

–¡Mi hombre! –murmuré sombríamente.

¡Era tal vez «mi hombre», sí! Mas no me seducía ir a buscar su familia, en la monotonía de una caravana, por aquellos desolados rincones de la China. Además, desde mi llegada a Pekín, no había vuelto a ver la sombra odiosa de Ti-Chin-Fú y su cometa en forma de papagayo. Mi conciencia reposaba como una paloma adormecida. Por lo visto, el esfuerzo supremo de voluntad que tuve que hacer para abandonar las dulzuras del boulevard y de Loreto y surcar los mares hasta el Celeste Imperio, parecían a la Eterna Equidad una expiación suficiente y una peregrinación reparadora. Y Ti-Chin-Fú, ya calmado, regresaría con su papagayo a la sempiterna inmovilidad.

¿Para qué ir a Tien-Hó? ¿Por qué no quedarme allá en aquel amable Pekín, comiendo nenúfares en caldo de azúcar, abandonándome a la somnolencia amorosa del «Reposo discreto» y yendo por las tardes azuladas a dar mi paseo del brazo del buen Mariskoff, por las terrazas de jaspe de la Purificación o bajo los cedros del Templo del Cielo?

El celoso Camilloff, con el lápiz en la mano, marcó en el mapa un itinerario hacia Tien-Hó. Mostróme en desagradable entrelazamiento, sombras de montes, líneas tortuosas de ríos, dibujos ondulados de lagunas.

–¡Aquí está! Suba usted hasta Ni-ku-hé, en la margen del Pei-Hó. Desde allí en barcos chatos va a My-yun. ¡Buena ciudad! Hay en ella un Buda vivo. Desde allí a caballo, sigue hasta la fortaleza de Ché-hia. Pasa la gran muralla. ¡Famoso espectáculo! Descansa en el fuerte de Ku-pi-hó. ¡Allí puede cazar gacelas!... ¡Soberbias gacelas!... Y en dos días de camino llega a Tien-Hó. Brillante itinerario. ¿Cuándo quiere partir? ¿Mañana?

–Mañana –murmuré tristemente.

¡Pobre generala! Aquella noche, mientras Mariskoff, en el fondo de las salas, jugaba con tres oficiales de la embajada su «whist» sacramental, y Camilloff, reclinado en el sofá, con los brazos cruzados, solemne como en una poltrona del Congreso de Viena, dormía con la boca abierta, ella se sentó al piano. Yo, a su lado, en la actitud legendaria de un infante de Lara, desesperado por la fatalidad, me retorcía lúgubremente el bigote. Y la dulce criatura, entre dos gemidos del teclado, de una sonata penetrante, cantó volviendo hacia mí sus ojos brillantes y húmedos:

«L'oiseau s'envole,
La'bas, la'bas!...
L'oiseau s'envole....
Ne revient pas....»

–El ave ha de volver al nido! –musité yo enternecido. Y, afanándome por esconder una lágrima, salí murmurando furiosamente:
–¡Canalla de Ti-Chin-Fú! ¡Por tu causa! ¡Viejo malandrín!

Al día siguiente salí para Tien-Hó, acompañado de Sa-Tó, el respetuoso intérprete, una larga fila de carretas, dos cosacos y todo un pueblo de koolíes.

Al dejar la muralla de la ciudad tártara, seguimos mucho tiempo caminando entre las cercas de los jardines sagrados que rodean el templo de Confucio.

Era el fin de otoño; ya las hojas estaban amarillas; una dulzura suave erraba en el aire.

De los kioscos santos salía un susurro de cánticos monótonos y tristes. Por las terrazas, enormes serpientes veneradas como dioses se iban arrastrando, ya entorpecidas por el frío. Y aquí y allá, al pasar, encontrábamos budistas decrépitos, secos como pergaminos y nudosos como raíces, entrecruzados de piernas en el suelo bajo los sicomoros, inmóviles como ídolos, contemplándose incesantemente el ombligo en espera de la perfección del Nirvana.

Y yo iba pensando con una tristeza tan pálida como aquel cielo asiático de octubre, en dos lágrimas redonditas que al partir vi brillar en los ojos negros de la generala.

VI

La tarde declinaba y el sol descendía bermejo como un escudo de metal candente cuando llegamos a Tien-Hó. Las negras murallas de la ciudad se alzan al Sur, al pie de un torrente que ruge entre rocas. En la parte de Oriente, la planicie lívida y polvorienta se extiende hasta un grupo obscuro de colonias donde blanquea el ámplio edificio de una Misión católica; y más allá, hacia el extremo Norte, se elevan las eternas montañas de la Mongolia, suspensas en el aire como nubes.

Nos alojamos en una fétida barraca titulada: «Hospedería de la Consolación Terrestre». Me fué reservado el cuarto noble, el principal, que se abría sobre una galería formada por estacas. Estaba ornado de dragones de papel recortado, sujetos por cordeles de los travesaños del techo. Al menor soplo de la brisa, aquella legión de monstruos fabulosos oscilan cadenciosamente con un rumor seco de hojarascas, como tomando vida sobrenatural y grotesca.

Antes de que oscureciese, fuí acompañado de Sa-Tó a contemplar la ciudad, mas pronto tuve que regresar sofocado por el hedor repugnante que exhalaban las viviendas. Todo se me figuró ser negro; las chozas, el suelo cenagoso, los canes hambrientos y el populacho abyecto. Regresé a mi albergue, donde arrieros, mongoles y criaturas piojosas, me miraban con asombro.

–Tiene vuestra merced razón. Es mala ralea. Mas no hay peligro; yo maté, antes de partir, un gallo negro, y la diosa Kaonine debe estar contenta. Podéis dormir al abrigo de los malos espíritus. ¿Quiere, vuestra merced, el té?

–Tráelo, Sa-Tó.

Después de bebernos una taza, conversamos largamente sobre el vasto plan: a la mañana siguiente llevaría la dicha y la tranquilidad a la triste choza de la viuda de Ti-Chin-Fú, anunciándole los millones que le regalaba, millones ya depositados en Pekín. Después, de acuerdo con el mandarín Gobernador, haríamos una cuantiosa distribución de arroz al pueblo, y por la noche habría danzas e iluminaciones, como en una solemnidad pública.

–¿Qué te parece, Sa-Tó?

–En los labios de vuestra merced habita la sabiduría de Confucio... ¡Va a ser un hermoso espectáculo!

Como venía cansado, bien pronto comencé a bostezar; me tendí sobre el lecho, envuelto en mis pieles, hice la señal de la cruz y me dormí pensando en los brazos blancos de la generala y en sus ojos verdes de sirena.

Sería la media noche cuando me despertó un rumor lento y sordo que envolvía la barraca, como un fuerte viento en una arboleda o una mar gruesa batiendo un paredón. Por la galería abierta, la luna entraba en el cuarto, una luna triste de otoño asiático, dando a los dragones colgados del techo, formas y semejanzas quiméricas.

Me levanté, ya nervioso, cuando una silueta alta e inquieta, apareció a la claridad de la luna.

–¡Soy yo, señor! –murmuró la voz despavorida de Sa-Tó.

Y luego, agachándose a mis pies, me contó en un flujo de palabras roncas su aflicción: mientras yo dormía se esparció por la ciudad el rumor de que un extranjero, el «Diablo extranjero» había llegado con bagajes cargados de tesoros.... Ya, desde el comienzo de la noche, él había entrevisto rostros ansiosos, de ojos voraces, rondando la barraca, como chacales impacientes.... Y ordenó a los koolíes que atrincherasen la puerta con los carros de los bagajes, formados en semicírculo a la manera tártara.

Mas poco a poco, el tumulto fué creciendo.... Ahora acababa de espiar por un postigo y todo el populacho de Tien-Hó rondaba en torno de la hospedería... ¡La diosa Kaonine no se había satisfecho con la sangre del gallo negro! Además, él recordaba haber visto en la puerta de una pagoda una cabra negra andando hacia atrás. ¡La noche sería terrorífica! ¡Y su pobre mujer, el hueso de su hueso, que estaba tan lejos, allá en Pekín!

–¿Y ahora, Sa-Tó? –le pregunté.

–Ahora... ¡Vuestra señoría!... Ahora....

Callóse, y su figura escuálida temblaba, agazapándose como un perro que se le amenaza con el látigo.

Entonces yo abandoné al cobarde y me adelanté hacia la galería. Abajo, el muro fronterizo, proyectaba una sombra fatídica. Allí se apiñaba una turba negra.

A veces, una figura, rastreando, se adelantaba en el espacio iluminado; espiaba, forcejeaba en las carretas, y al sentir la luz de la luna sobre su cara, retrocedía rápidamente, fundiéndose en la obscuridad; y como el techo del cobertizo era bajo, brillaba un momento algún hierro de lanza inclinado.

—¿Qué queréis, canallas? —rugí en portugués.

A esta voz extranjera, un gruñido salió de las tinieblas; inmediatamente una piedra cayó a mi lado, agujereando el papel encerado de la celosía; después, una flecha pasó silbando cerca de mí, clavándose en un listón.

Descendí rápidamente a la cocina de la hospedería. Mis kaulíes, asustados, batían las mandíbulas de terror; y los dos cosacos que me acompañaban, impasibles, fumaban sus pipas con los sables desnudos puestos sobre las rodillas.

El viejo hostelero de lentes redondos, una vieja andrajosa que yo había visto en el patio echando al aire una cometa de papel, los arrieros mongoles, las criaturas piojosas, todos desaparecieron. Sólo quedó un viejo bebedor de opio, tumbado en un rincón como un fardo. Fuera se veía la multitud que vociferaba.

Interpelé entonces a Sa-Tó, que casi se desmayaba, apoyado en la pared; nosotros estábamos sin armas, los dos cosacos solos no podían rechazar el asalto. Era, pues, necesario ir a despertar al Mandarín gobernador, revelarle que yo era amigo de Camilloff, un convidado del Príncipe Tong, e intimarle a que acudiera a dispersar las turbas y mantener la ley santa de la hospitalidad.

Mas Sa-Tó me contestó con voz débil como un soplo, que el gobernador, seguramente, era el que estaba dirigiendo el asalto. Desde las autoridades hasta los mendigos, la fama de mis riquezas, la leyenda de las carretas cargadas de oro, inflamó todos los apetitos. La prudencia ordenaba, como un mandamiento santo, que abandonásemos parte de los tesoros, las mulas y las cajas de comestibles.

–¿Y vamos a quedarnos aquí, en esta aldea maldita, sin camisas, sin dinero y sin comida?

–¡Mas con la rica vida, vuestra señoría!

Cedí y ordené a Sa-Tó que fuese a proponer a la turba una copiosa distribución de oro, si ella consentía en regresar a sus casas y respetar en nosotros a los huéspedes enviados por Buda.

Sa-Tó subió a la escalera de la galería, todo tembloroso, y empezó a arengar a la multitud, braceando, lanzando las palabras con la violencia de un can que ladra. Yo había abierto la maleta y le iba entregando sacos de monedas, que él arrojaba a puñados sobre la multitud con ademán de sembrador.... Abajo, a cada lluvia de metales resonaba un tumulto furioso; después, un lento suspiro de gula satisfecha; y luego, el silencio, la suspensión del que espera más.

–Más –murmuraba ansiosamente Sa-Tó, volviéndose hacia mí.

Yo, indignado, le daba nuevos cartuchos, pilas de monedas de medio real envueltas en papel. Ya estaba vacía la maleta.... La turba continuaba rugiendo insaciable.

–Más ¡vuestra señoría! –suplicó Sa-Tó.

–¡No tengo más, criatura! ¡El resto está en Pekín!

–¡Oh, Buda santo! ¡Perdidos! ¡Perdidos! –exclamó Sa-Tó, doblando las rodillas.

El populacho, callado, esperaba aún. De repente, una exhalación salvaje rasgó el aire. Y yo sentí aquella masa ávida, arremeter sobre las carretas que defendían la puerta, formadas en semicírculo. Al choque todo el maderamen de la «Hospedería de la Consolación Terrestre», crujió y osciló.

Corrí a la baranda. Abajo bullía un tropel desesperado en torno de los carros derribados. Los machetes relucían al caer sobre la tapa de los cajones; el cuero de las maletas abríase rasgado por innumerables puñales, y bajo el cobertizo los dos cosacos batíanse como héroes. A la luz de la luna, veía alrededor del barracón agitar teas. Un alarido ronco elevábase, haciendo a lo lejos aullar a los perros; y de todas las viviendas desembocaba y corría el populacho, hombres ligeros armados de chuzos y hoces curvas.

Súbitamente, oí el tumulto de las turbas que asaltaban la galería, buscándome sin duda, creyendo que yo guardaría el mejor de los tesoros, piedras preciosas, joyas. El terror me enloqueció. Corrí a la gradería de bambú que daba al patio. Rompí la valla, y penetré en la cuadra. Mi caballo, preso en las tinieblas relinchaba, tirando furiosamente del cabestro. Salté sobre él, sujetándole por las crines.

En este momento, por el postigo de la cocina que había saltado en astillas, penetró una horda armada de linternas, lanzas, clamando delirante. El caballo, espantado, saltó la valla; una flecha silba a mi lado; después, una piedra me da en el hombro, otra en los riñones, otra hace blanco en el anca del animal, y otra más gruesa, me rasga la oreja. Agarrado desesperadamente a las crines, arqueado, con la sangre goteando de la oreja, galopé en una carrera furiosa, a lo largo de una calle negra. De repente veo delante de mí la muralla, un bastión, la puerta de la ciudad cerrada.

Entonces, alucinado, sintiendo detrás de mí rugir la turba, abandonado de todo socorro humano, me acordé de Dios. Creí en él, gritándole que me salvase: y mi espíritu iba tumultuosamente recordando, para ofrecerle fragmentos de oraciones de «Salves, Credos» que yacían en el fondo de mi memoria. Tras una esquina, a lo lejos, surgió una humareda de teas; era la turba. Loco de espanto, apreté los talones a los ijares del animal y corrí a lo largo de la muralla que se extendía como una vasta cinta negra furiosamente desenrollada. De repente vi una brecha, un boquete erizado de espinas y zarazas, y fuera la planicie que bajo la luna tenía la apariencia de una gran charca de agua dormida. Lancéme hacia allá, sacudiendo con los talones los ijares del potro, y galopé mucho tiempo por el descampado.

De repente, el caballo y yo rodamos en un surco blando. Era una laguna; mi boca se llenó de agua pútrida, y mis pies se enredaron en las fofas raíces de los nenúfares. Cuando me levanté vi al caballo corriendo muy lejos, como una sombra, con los estribos al viento.

Entonces comencé a caminar por aquella soledad, enterrándome en el fango y cortando a través de matorrales encharcados. La sangre de la oreja caía sobre mi hombro; la ropa enlodada se me pegaba a la piel, y a veces en la sombra, me pareció ver brillar ojos de fieras.

Más lejos, encontré un cercado de piedras sueltas donde yacían, bajo unos arbustos, infinidad de cajas amarillas que los chinos abandonan sobre la tierra y donde se pudren los cadáveres. Me senté sobre una caja postrado de fatiga; mas un olor abominable flotaba en el aire, y al apoyarme sentí la sensación de un líquido viscoso que escurría por las hendiduras de las tablas.

Quise huir. Mas las piernas, temblando, se negaron. Los árboles, las rocas, las hierbas altas, todo el horizonte comenzó a girar en torno mío como un disco muy rápido. Resplandores sanguíneos vibraban delante de mis ojos, y me sentí caído desde muy alto, divagando a la manera de una pluma que desciende. Cuando recobré el conocimiento estaba sentado sobre un banco de piedra, en el banco de un enorme edificio semejante a un convento, que el más grave silencio envolvía. Dos padres lazaristas lavaban cuidadosamente mi oreja. Un aire fresco circulaba; la garrucha de un pozo chirriaba lentamente, y una campana tocaba a maitines. Levanté los ojos y ví una fachada blanca con ventanillas enrejadas y una cruz en lo alto, y entonces, al contemplar en aquella paz de claustro católico como un rincón de la patria recuperada, el abrigo y la consolación, de mis párpados cansados rodaron dos lágrimas mudas.

VII

Aquella mañana, dos lazaristas que se dirigían a Tien-Hó, me habían encontrado desmayado en el camino. Y como dijo el alegre padre Loriot, «era ya tiempo»; porque alrededor de mi cuerpo inmóvil revoloteaba un negro semicírculo de esos enormes cuervos de Tartaria, contemplándome con gula.

Me trajeron al convento en unas parihuelas, y fué grande el regocijo de la comunidad cuando supo que yo era latino, cristiano y súbdito de los «Reyes Fidelísimos». El convento forma allí el centro de un pequeño pueblo católico, apiñado en torno de la maciza residencia como un caserío de siervos, al pie de un castillo feudal. Existe desde los primeros misioneros que recorrieron toda la Mandchuria. Porque nos hallábamos en los confines de la China. Más allá está la Mongolia, la «Tierra de las hierbas», inmenso prado verde obscuro, bordado de flores silvestres. Allí se extendía la inmensa planicie de los nómadas. Desde mi ventana veía negrear los círculos de las tiendas cubiertas de fieltro o de pieles de carnero; y a veces asistía a la partida de una tribu, que en filas de largas caravanas llevaba sus rebaños hacia Oeste.

El superior de los lazaristas era el excelente padre Julio. Su larga permanencia entre las razas amarillas lo habían tornado casi en un chino. Cuando yo le encontraba en el claustro con su túnica roja, la larga coleta y sus venerables barbas, agitando dulcemente un enorme abanico, me parecía algún sabio letrado Mandarín comentando mentalmente, en la paz de un templo, el Libro sacro de Chú. Era un santo; mas olía a ajo, y este olor apartaba de él a las almas más doloridas y necesitadas de consuelo.

¡Conservo suave memoria de los días allí pasados! mi cuarto, encalado de blanco, con una cruz negra, tenía un recogimiento de celda. Me despertaba siempre al toque de maitines. Por respeto a los viejos misioneros, oía misa en la capilla; y me enternecía allí, tan lejos de la patria católica, ver a la clara luz de la mañana la casulla del padre con su cruz bordada, inclinarse delante del altar y sentir sisear en el silencio fosco del santo recinto los «Dominus vobiscum» y los «Et cum espíritu tuo».

Por la tarde iba a la escuela a admirar a los niños chinos, declinando once horas seguidas. Y, después del refectorio, paseando por el claustro, escuchaba historias de lejanas misiones apostólicas, en el «País de las hierbas», las prisiones soportadas, las marchas, los peligros, en fin, todas las crónicas heroicas de la Fe.

Yo no conté en el convento mis aventuras fantásticas; dije que era un «tourista» curioso que recorría, tomando apuntes, el mundo entero. Y esperando que mi oreja cicatrizase me abandonaba en una dulce laxitud de alma, a aquella paz del monasterio.

Mas estaba decidido a dejar bien pronto la China; ese Imperio bárbaro que ahora odiaba terriblemente. Cuando me ponía a pensar que había venido de los confines de occidente, para traer a una provincia china la abundancia de mis millones, y que, apenas llegué, fuí saqueado y apedreado, me agitaba un rencor sordo y pasaba horas enteras en mi cuarto, meditando venganzas horribles.

Retirarme con mis millones era lo más práctico y fácil.

Además, mi idea de resucitar, para bien de la China, la personalidad de Ti-Chin-Fú, me parecía ahora un absurdo, una insensatez de sueño.

Yo no comprendía las lenguas ni las costumbres, ni las leyes, ni los sabios de aquella raza ¿qué iba a hacer allí, sino exponerme, por el aparato de mi riqueza, a los asaltos de un pueblo que hace cuarenta y tantos siglos que es pirata en los mares y bandido en la tierra?

Ti-Chin-Fú y su cometa continuaban invisibles, remontados ciertamente al Cielo Chino de los abuelos, y ya el aplazamiento del remordimiento visible hacíame olvidar el deseo de la expiación.

Sin duda el viejo letrado estaba fatigado de dejar sus regiones inefables para venir a reclinarse en mis muebles. Vería mis esfuerzos, mi deseo de ser útil a su prole, a su provincia y a su raza, y satisfecho, se acomodaría lo mejor posible para la eterna siesta. ¡Ya, nunca más vería su panza amarilla!

Y entonces me mordía el apetito de marchar, ya libre y tranquilo a gozar la alegría de mi oro, al Loreto o los boulevares, sorbiendo la miel de las flores de la civilización.

Mas la viuda de Ti-Chin-Fú, las mimosas señoras de su descendencia, los nietos pequeñitos... ¿los dejaría bárbaramente morir de hambre y frío en las negras viviendas de Tien-Hó? No. Esos no eran culpables de las pedradas que me tiró el populacho. Y yo, cristiano, aislado en un templo católico, teniendo a la cabecera de mi cama el Evangelio, cercado de existencias que eran encarnaciones de la Caridad, no podía partir del Imperio sin restituir a aquellos a quienes despojara la abundancia y las comodidades honestas que recomendaba el clásico de la Piedad Filial.

Entonces escribí a Camilloff. Le contaba mi abyecta fuga, bajo las piedras del populacho; el albergue cristiano que me dieron en la Misión y mi ferviente deseo de partir del Imperio Celeste. Le pedía que remitiese a la mujer de Ti-Chin-Fú los millones depositados por mí en casa del mercader Tsing-Fó, en la avenida de Cha-Cona, al lado del arco triunfal de Tong, junto al templo de la diosa Kaonine.

El alegre padre Loriot, que iba en misión a Pekín, llevó esta carta que yo lacré con el sello del convento: una cruz saliendo de un corazón inflamado.

Los días pasaban. Las primeras nieves albearon en las montañas septentrionales de la Mandchuria, y yo me ocupaba en cazar gacelas en el «País de las Hierbas». Horas enérgicas y fuertemente vividas las de esas mañanas, cuando yo marchaba con el aire agreste y sano entre monteros mongólicos que, con un grito ondulado y vibrante, ojeaban los matorrales con sus lanzas. A veces una gacela saltaba y, con las orejas bajas, estiradas y finas, partía en el filo del viento. Soltábamos el halcón que volaba sobre ella con las alas serenas, dándole a espacios regulares, con toda la fuerza de su pico curvo, picotazos en el cráneo. Y la íbamos a encontrar, por fin, a la orilla de algún charco infecto, cubierto de nenúfares. Entonces, los perros negros de Tartaria arrojábansele sobre el vientre y, con las patas entre sangre, y con los afilados colmillos le iban descubriendo las entrañas.

Una mañana, el lego de la portería avistó al alegre padre Loriot, trepando por el camino ingente del Purgo, con su mochila al hombro y una criatura en los brazos; la había encontrado abandonada, desnudita, muriéndose a la orilla desolada de un camino. La bautizó después en un arroyo con el nombre de Bienhallado, y allí la traía, enternecido, apretando el paso, para darle pronto buena leche de las cabras del convento.

Después de abrazar a los religiosos y enjugarse gruesas gotas de sudor, sacó de los bolsillos del pantalón un sobre con el sello del águila rusa.

–Esto es lo que le manda el general Camilloff, amigo Teodoro. Está bueno, y la señora también... ¡Todos fuertes!

Corrí a un rincón del claustro a leer los dos plieguecillos. La carta decía así:

«Amigo, huésped y estimado Teodoro: A las primeras líneas de su carta quedamos consternados. Mas luego las siguientes nos llenaron de alegría, al saber que estaba con esos santos padres de la misión cristiana.

Yo fuí al Yamén Imperial a hacer una severa reclamación al príncipe Tong sobre el escándalo de Tien-Hó.

Su excelencia mostró un júbilo desordenado. Porque aunque lamenta como particular la ofensa, el robo y las pedradas que mi huésped sufrió, como ministro del Imperio, ve ahí una dulce oportunidad para exigir a la ciudad de Tien-Hó, en concepto de indemnización, y en castigo de la injuria hecha a un extranjero, la importante suma de trescientos mil francos. Es, como dice Mariskoff, un excelente resultado para el Erario imperial y queda así vuestra oreja suficientemente vengada. Aquí, comienzan a picar los primeros fríos y ya estamos usando pieles. El buen Mariskoff sufre ahora del higado, pero el dolor no altera su criterio filosófico ni su sabia verbosidad.

Tuvimos un grave disgusto: el lindo perrito de la buena señora Tagarief, la esposa de nuestro querido secretario, el adorable "Tú-Tú" desapareció en la mañana del quince. Hizo la policía averiguaciones urgentes, mas "Tú-Tú" no ha aparecido, y nuestro sentimiento es mayor cuanto es sabido que el populacho de Pekín aprecia extraordinariamente estos perritos, guisados en caldo de azúcar. Ha ocurrido un hecho abominable y de funestas consecuencias; la embajadora de Francia, esa petulante madame Gujón, ese gallo enjuto (como la llama Mariskoff), en la última comida de la legación, dió, despreciando todas las reglas internacionales, el brazo, su descarnado brazo, y su derecha en la mesa, a un súbdito inglés, Lord Gordon. ¿Qué me dice usted de esto? ¿Es creíble? ¿Es razonable? ¡Eso es destruir el orden social! ¡El brazo y la derecha en la mesa a un súbdito, a un escocés de color de piedra, un mono, cuando estaban presentes todos los embajadores, los ministros y yo!

Esto ha causado en el cuerpo diplomático una sensación inenarrable. Esperamos instrucciones de nuestros gobiernos. Como dice Mariskoff, moviendo tristemente la cabeza, el asunto es grave –¡muy grave!– Lo que prueba (y ninguno lo duda) es que lord Gordon es el Benjamín del "Gallo enjuto". ¡Qué asco! ¡qué podredumbre!... La generala no está buena desde que usted partió para esa maldita Tien-Hó; el doctor Pagloff no atina con el mal; es una languidez, un marchitamiento, una perenne indolencia que la tiene horas enteras inmóvil sobre el sofá, en el "Pabellón del Reposo discreto", con la mirada vaga y la boca llena de suspiros.

Yo no me desespero; sé perfectamente el mal que la mina, es una afección a la vejiga que contrajo, a consecuencia de las malas aguas, durante nuestra estancia en Madrid... ¡Hágase la voluntad del Señor! Ella me pide que le salude en su nombre, y desea que cuando llegue usted a París, si va a París, le remita por el correo de la Embajada para San Petersburgo (de allí vendrá a Pekín) dos docenas de guantes de doce botones, número "cinco y tres cuartos", de la marca "Sol", de los almacenes del Louvre; así como las últimas novelas de Zola; "Mademoiselle de Maupín", de Gautier, y una caja de frascos de "Opoponex".

Me olvidaba decirle que nos hemos mudado de alojamiento; dejamos la Embajada francesa para no tener relaciones con el "Gallo enjuto", y vivimos ahora en el Palacio de la Legación de Inglaterra. Estos son los inconvenientes de no tener la Embajada rusa palacio de su propiedad, a pesar de tantas reclamaciones como sobre este asunto tengo hechas a la cancillería de San Petersburgo.

Allí saben perfectamente que en Pekín no hay palacios; que cada legación tiene el suyo propio, como importante elemento de instalación y de influencia. ¡Mas en la corte del Czar se desatienden los más serios intereses de la civilización rusa! Todo lo dicho es lo único nuevo que acontece en Pekín y en las legaciones. Recuerdos de Mariskoff, y todos los de esta Embajada, y también del condesito Arturo, el Zizí de la legación española, en fin, de todos; y yo, muy afectuosamente, le envío el testimonio de mi amistad.

General Camilloff.

P.D. –En cuanto a la viuda y familia de Ti-Chin-Fú hubo un engaño; el astrólogo del templo de Jagua se equivocó en su interpretación sideral; no es realmente en Tien-Hó donde reside esa familia. Es al Sur de la China, en la provincia de Cantón. Mas también hay una familia Ti-Chin-Fú más allá de la gran Muralla, casi en la frontera rusa, en el distrito de Ka-ó-li. Ambas perdieron el jefe y ambas están en la miseria. Por lo tanto, esperando sus nuevas órdenes, no retiré el dinero de casa de Tsing-Fó. Esta reciente información me la envió hoy su excelencia el príncipe Tong, con un delicioso tarro de compota de exquisitos almíbares.

Debo anunciarle que nuestro buen Sa-Tó apareció hace días de regreso de Tien-Hó, con el labio partido y leves contusiones en el hombro, habiendo salvado solamente del saqueo una litografía de Nuestra Señora de los Dolores que, por la dedicatoria manuscrita, veo que perteneció a vuestra respetable mamá.

Mis valientes cosacos se quedaron allá en un pozo de sangre. Su excelencia el príncipe Tong me ha ofrecido pagar por cada uno diez mil francos, tomados de la suma que, en concepto de indemnización ha impuesto a la ciudad de Tien-Hó.

Sa-Tó me dice que si usted, como es natural, vuelve a empezar sus viajes a través de la China en busca de la familia Ti-Chin-Fú, él se considera honrado y venturoso en acompañarle, con una fidelidad de perro y una docilidad de cosaco.

Camilloff.»

–¡No! ¡Nunca! –rugí con furor, estrujando la carta y monologando a largos pasos por el claustro. –¡No, por Dios o por el demonio! ¿Ir de nuevo a recorrer los caminos de la

China? ¡Jamás! ¡Oh, suerte grotesca y desastrosa! ¡Dejé mi regalada vida del Loreto, mi nido amoroso de París, vengo volando como un tordo desde Marsella a Shang-Hai, sufro las pulgas de las habitaciones chinas, el hedor de las casas, la polvoreda de los caminos áridos ¿para qué? Tenía un plan que se levantaba hasta los cielos, grandioso y ornamentado como un trofeo; en él brillaban de alto abajo, toda suerte de acciones buenas, y he aquí que de pronto lo veo caer al suelo, pieza tras pieza, convertido en furia!

Quería dar mi nombre, mis millones, y la mitad de mi lecho de oro a una señora de la familia de Ti-Chin-Fú y no me lo permiten los prejuicios sociales de una raza bárbara. Pretendo, con el botón de cristal del Mandarín, reconstituir los destinos de China, traerle nuevas prosperidades, y me lo veda la ley imperial. Aspiro a conceder una limosna sin fin a este populacho hambriento, y corro el peligro de ser decapitado como instigador de rebeliones. Vengo a socorrer a un pueblo y la turba amotinada me apedrea. Iba, en fin, a brindar el reposo, la comodidad que alababa Confucio, a la familia Ti-Chin-Fú, y esa familia evapórase como el humo, y otras familias surgen aquí y allá vagamente, al Sur y al Oeste, como claridades engañosas.

¿Y tenía que ir a Cantón, a Ka-ó-lí, a exponer otra oreja a las piedras brutales, huir aún por caminos descampados, agarrado a las crines de un potro? ¡Jamás!

Me paré, y con los brazos en alto, hablando a las arcadas del claustro, a los árboles, al aire silencioso y frío que me envolvía:

–¡Ti-Chin-Fú –bramé, –Ti-Chin-Fú, para aplacarte hice todo lo que era racional, generoso y lógico! ¿Estás, en fin, satisfecho, letrado venerable, tú, tu papagayo gentil, y tu panza artificial? ¡Háblame! ¡Háblame!

Escuché, miré: la garrucha del pozo, en aquella hora del mediodía, chirriaba dulcemente en el patio; sobre las moreras, a lo lejos de las arcadas, se secaban sobre papel de seda las hojas de té de la cosecha de octubre; de las puertas medio cerradas del aula venía un susurro lento de declinaciones latinas.

Reinaba una paz severa, producto de la simplicidad de las ocupaciones o de la austeridad de los estudios y el aire pastoril de aquella colina, donde dormía bajo un sol blanco de invierno, el pueblo religioso. Y en aquel sereno ambiente, me pareció que descendía a mi alma, de repente, una paz absoluta.

Encendí con los dedos aún trémulos un cigarro y dije, limpiándome una gota de sudor que corría por mi frente, estas palabras, resumen de mi destino:

–Bien, Ti-Chin-Fú está contento.

Fuí luego a la celda del excelente padre Julio; leía su breviario cerca de la ventana, saboreando confites de azúcar, con el gato del convento sobre el hombro.

–Reverendísimo padre, me vuelvo a Europa. ¿Alguno de vuestros compañeros va acaso en misión hacia Shang-Hai?

El venerable superior se caló los lentes, y hojeando un ámplio registro en letra china, murmuró así:

–Quinto día de la décima luna. Sí, el padre Anacleto va a Tien-Tsin a hacer una novena. Duodécima luna, el padre Sánchez para Tien-Tsin también, a explicar el catecismo a los huérfanos. Sí, tendrá compañía hasta Leste.

–¿Mañana?

–Mañana. Es dolorosa la separación en estos confines del mundo, cuando las almas se comprenden bien en Jesús. El padre Gutiérrez le arreglará una buena fiambrera. Nosotros ya le amábamos como a un hermano, mi querido Teodoro. Coma un confite, son deliciosos. Las cosas están en feliz reposo, cuando se hallan en su lugar natural; el lugar del corazón humano es el corazón de Dios, y el suyo está en este asilo seguro. Coma otro confite. ¿Qué es eso, hijo mío, qué es eso?

Yo estaba colocando sobre el breviario abierto, en una página del Evangelio de la pobreza, un fajo de billetes del «Banco de Inglaterra», y balbuceé:

–Un recuerdo para sus pobres....

–Excelente, excelente.... Nuestro buen padre Gutiérrez le preparará una fiambrera superior.... «Amén», hijo mío. «In Deo omnia spes....»

Al día siguiente, montado en una mula blanca del convento y acompañado del padre Anacleto y el padre Sánchez, descendí del convento al repique de las campanas. Y allá vamos, hacia Hiang-Hiano, villa negra y amurallada, donde atracan los barcos que descienden de Tien-Tsin.

Ya las tierras a lo largo del Pei-Hó estaban todas blancas de nieve; en las ensenadas bajas el agua empezaba ya a helarse, y envuelto en pieles de carnero, alrededor de las hogueras, en la popa del barco, los buenos padres y yo íbamos conversando de los trabajos de los misioneros, de las cosas de la China, y a veces de las cosas del cielo, mientras corría de mano en mano el frasco de ginebra.

En Tien-Tsin, me separé de aquellos santos camaradas.

Y después de dos semanas, en un día de sol, me paseaba fumando un cigarro y mirando las luchas de perros en el puerto de Hong-Kong, sobre la cubierta del «Java»; que iba a levar anclas con rumbo a Europa.

Fué un momento conmovedor para mí, aquel en que, a las primeras vueltas de la hélice, vi alejarme de la tierra de China.

Desde que desperté, durante aquella mañana, una inquietud sorda comenzaba de nuevo a invadir mi alma. Ahora pensaba en que había ido a aquel vasto imperio a calmar por la expiación una protesta temerosa de la conciencia, y por fin, impelido por una impaciencia nerviosa, partía, sin haber hecho más que deshonrar los bigotes blancos de un general heróico y haber recibido una pedrada en la oreja en una ciudad de los confines de la Mongolia.

–¡Extraño destino el mío!

Hasta el anochecer estuve recostado sombríamente en la borda del buque, viendo el mar liso como una vasta pieza de seda azul doblarse a los lados en pliegues suaves; poco a poco grandes estrellas palpitaron en la concavidad negra, y la hélice en la sombra iba trabajando rítmicamente. Me paseé errante por la cubierta, mirando aquí y allí la brújula iluminada, los montones de cabrestantes, las piezas de la máquina envueltas en una claridad ardiente, golpeando con cadencia; la humareda negra que se elevaba de las chimeneas ennegreciendo el firmamento; los marineros de barba rubia inmóviles en sus puestos y las figuras de los pilotos sobre el puntal, altas y sombrías en la noche. En el camarote del capitán, un inglés con blanco casco a la cabeza, rodeado de damas que bebían cognac, tocaba melancólicamente en la flauta el aria de «Bonnie Dundée».

Eran las once cuando bajé a mi cámara. Las luces ya estaban apagadas; mas la luna, que se erguía al nivel del agua, redonda y blanca, hería los cristales del camarote con un rayo de claridad, y entonces, medio oculta y pálida, ví rígida sobre la hamaca la figura panzuda del Mandarín, vestido de seda amarilla con su papagayo entre las manos.

¡Era él otra vez!

Y fué él perpetuamente. Fué él en Singapore y en Ceilán. Fué él en los arsenales del desierto, cuando pasamos por el Canal de Suez; adelantándose en la proa de un barco mercante, cuando entramos en Malta, resbalando sobre las rosadas montañas de Sicilia y emergiendo de los mares que cercan el Peñón de Gibraltar. Cuando desembarqué en Lisboa, su obesa figura llenaba todo el arco de la calle Angosta, y sus ojos oblícuos y los dos ojos pintados de su cometa en figura de papagayo parecían fijos en mí.

VIII

Entonces, teniendo la certeza de que nunca podría aplacar a Ti-Chin-Fú, pasé toda la noche en mi cuarto del Loreto, donde, como en otro tiempo, las velas que ardían en los bruñidos candelabros de plata daban a los rojos damascos tonos de sangre fresca, medité despojarme, como de un adorno de pecado, de aquellos millones sobrenaturales.

¡Y así me libraría tal vez de aquella panza amarilla, y de aquella cometa abominable!

Abandoné el palacio del Loreto, y con él mi existencia de Nabab.

Regresé a mi habitación de la casa de la viuda de Marques y volví a la oficina a implorar mis veinticinco duros mensuales y mi dulce pluma de amanuense.

Mas un sufrimiento mayor vino a amargar mis días. Juzgándome arruinado, todos aquéllos que mi opulencia humilló cubriéronme de ofensas. Los periódicos, con triunfal ironía, publicaron mi miseria. La aristocracia, que balbuceaba adulaciones, inclinada a mis pies de Nabab, ordenaba ahora a sus cocheros que atropellasen en las calles el cuerpo encogido del escribiente de secretaría.

El clero, a quien yo había enriquecido, me acusaba de hechicero, el pueblo me apedreaba, y la viuda de Marques, cuando me quejaba de la dureza granítica de los garbanzos, poníase en jarras y gritaba:

−¿Qué quiere usted más? ¡Aguantarse! ¡Valiente perdulario!

Y a pesar de esta expiación, el viejo Ti-Chin-Fú estaba siempre a mi lado, porque sus millones que yacían ahora intactos en los Bancos, eran, desgraciadamente, míos.

Entonces, indignado, volví a mi palacio y a mi vida de lujo. Aquella noche, de nuevo el resplandor de mis ventanas alumbró el Loreto, y por el portón abierto viéronse, como en otro tiempo, negrear con sus calzones de seda las largas filas de lacayos decorativos.

Luego, Lisboa, sin excepción, se arrojó a mis pies. La viuda de Marques me llamó llorando: «hijo de mi corazón.»

Los periódicos me otorgaron los calificativos que, según la tradición, pertenecen a los dioses. ¡Fuí el omnipotente, el omnisciente! La aristocracia me besó los pies como a un tirano y el clero me incensó como a un viejo ídolo. Y mi desprecio por la humanidad fué tan grande que se extendió hasta el mismo Dios que la creó.

Desde entonces, una saciedad enervante me mantuvo durante semanas enteras tendido en un sofá, mudo y terrible, pensando en la felicidad del «no ser....»

Una noche, regresando solo por una calle desierta, vi delante de mí al personaje vestido de negro, con el paraguas debajo del brazo, el mismo que en mi cuarto tranquilo y feliz de la travesía de la Concepción me hiciera a un «tilín-tín» de campanilla, heredar tantos despreciables millones. Corrí hacia él; le agarré por la solapa de su levita burguesa, gritándole:

–¡Líbrame de mis riquezas! ¡Resucita al Mandarín! ¡Devuélveme la paz de la miseria!

Él, pasó gravemente su paraguas debajo del otro brazo y respondió con bondad:

–¡No puede ser, mi apreciable señor, no puede ser!

Yo me arrojé a sus pies haciéndole una súplica abyecta, mas sólo ví delante de mí, bajo la luz mortecina de un reverbero de gas, la forma escuálida de un perro hambriento hociqueando en el lodo.

Nunca he vuelto a encontrar a tal individuo. Y ahora, el mundo me parece un inmenso montón de ruinas donde mi alma solitaria, como un desterrado que vaga por entre columnas caídas, gime continuamente.

Las flores de mis aposentos se marchitan y nadie las renueva; la luz me parece una antorcha fúnebre, y cuando mis amadas vienen envueltas en la blancura de sus peinadores a acostarse en mi lecho, lloro, como si viera la legión amortajada de mis alegrías muertas.

Me siento morir. Tengo ya hecho mi testamento. En él lego mis millones al Diablo, le pertenecen; él que los reclame y los reparta.

Y a vosotros, hombres, os lego solamente estas palabras sin comentario: «¡Sólo sabe bien el pan que diariamente ganan nuestras manos; nunca matéis al Mandarín!»

Y, todavía al morir, me consuela prodigiosamente esta idea: que de Norte a Sur, de Oeste a Este, desde la Gran Muralla de Tartaria hasta las ondas del mar Amarillo; en todo el vasto imperio de la China, ningún mandarín quedaría vivo, si tú, tan fácilmente como yo, lo pudieras suprimir y heredar sus millones, ¡oh, lector! criatura improvisada por Dios, obra mala de mala arcilla, mi semejante, y mi hermano.

FIN

www.ingramcontent.com/pod-product-compliance
Lightning Source LLC
Chambersburg PA
CBHW071234170626
46809CB00008BA/3051